LE SOMNAMBULE,

ŒUVRES POSTHUMES

EN PROSE ET EN VERS,

OU L'ON TROUVE

L'histoire générale d'une Isle très - singulière,
découverte aux grandes Indes en 1784.

A L'ISLE DE FRANCE;

Et se trouve A PARIS,

Chez P. FR. DIDOT le jeune, imprimeur de MONSIEUR,
quai des Augustins.

M. DCC. LXXXVI.

PRÉFACE
DE L'AUTEUR.

———

Sɪ mes ci-devant camarades les vivans, connoissoient comme moi le bonheur d'être mort, ils ne feroient pas tant de cas de la vie. Depuis que je l'ai quittée, rien ne manque à mes desirs, et je vois tout en beau. Par exemple, je ne me serois jamais déterminé de mon vivant à faire imprimer ce petit recueil, j'aurois craint la critique ou le ridicule. Tranquille aujourd'hui sur tout cela, rien ne peut troubler la paix dont je jouis, et j'ai envoyé mon manuscrit avec autant de sécurité, que si j'avois eu l'honneur d'être de l'Académie Françoise.

———

AVERTISSEMENT
DE L'ÉDITEUR.

——

UN homme célèbre dans l'art du magnétisme animal, en se promenant aux Champs Elysées, s'amusa, au commencement de juin de cette année 1758, à magnétiser un arbre, et fit descendre sur cet arbre le fluide électrique universel, avec une telle abondance, qu'on peut dire qu'il fut imprégné de la vertu des douze signes du zodiaque.

Mon plus intime ami, dont je donne ici l'ouvrage, fut, quelques jours après, se promener aux Champs Elysées, et le hasard le conduisit sous cet arbre merveilleux où il s'assit. Mon ami se trouva dans un état de bonheur dont lui seul pourroit rendre compte, se crut et se croit encore dans ces Champs Elysées dont les poètes nous font la description. Il voit, depuis ce moment, tous les corps diaphanes, et pénètre les plus secrettes pensées ; mais je n'en abuse pas, de peur d'augmenter le nombre des divorces. Moi seul sais son secret ; et la petite société dans laquelle il vit le croit éveillé, quoiqu'il soit dans le somnambulisme le plus complet. Il s'est amusé à écrire, et m'a donné son ouvrage ; ce qu'il n'auroit jamais fait étant dans son état naturel.

Il m'assure qu'il ne tient qu'à lui de prédire l'avenir ; mais il ne s'est pas encore livré à cette sublime science. Les fautes qui se trouvent dans son recueil , me prouvent cependant que le somnambulisme nous laisse à peu près ce que nous étions avant ; mais l'état de quiétude dans lequel je vois mon ami, m'a empêché jusqu'à ce moment de le faire magnétiser pour le rendre à lui-même, d'autant qu'il remplit ses devoirs de citoyen comme de coutume, et que tous ses amis, hors moi, ignorent le singulier état dans lequel il est.

Je pourrois indiquer l'arbre en question; mais tout bien calculé , je crois qu'il ne faut pas que les hommes en général, et les maris en particulier, deviennent par trop pénétrans ; peut-être même feroit-on bien de demander la permission d'abattre cet arbre. Voilà cependant comme des raisons particulières retardent trop souvent le progrès des hautes sciences.

———

LE

LE SOMNAMBULE

ŒUVRES POSTHUMES

EN PROSE ET EN VERS.

LE COSMOPOLITE.

COMMENT se peut-il qu'avec de la santé, de la jeunesse encore, de belles et bonnes rentes viagères, la connoissance de presque toutes les langues vivantes, et point de femme à moi, j'éprouve souvent le plus cruel ennui ? Cela vient sans doute de ce que je ne trouve pas à Paris un seul être qui soit à la hauteur de mes pensées. Voilà ce que disoit Philoclès. Ce Philoclès, qui se qualifioit citoyen de l'univers, enfant du globe et l'ami de tous les hommes, n'en avoit point à qui il accordât une certaine confiance : il frondoit le gouvernement, les lois, les usages, et n'étoit jamais content de rien. Fatigué de son

A

pays natal, libre comme l'air, mais esclave de l'opinion, il prit le parti d'aller s'établir en Hollande, en Suisse ou en Angleterre. Indécis sur le choix, il se détermina pour la Hollande. — Ecoutez, Anselme, dit-il à un vieux domestique, qui depuis long-tems prenoit soin de sa maison, je vais faire un voyage, qui sera plus ou moins long, suivant les circonstances. Ayez grand soin de mes affaires pendant mon absence : j'ai, comme vous savez, un état de mon mobilier, de ma cave; mais je connois votre probité, et j'espère qu'elle ne se démentira pas : préparez ma voiture, et tout ce qui m'est nécessaire. Anselme et sa femme qui avoit soin du linge, arrangèrent avec joie tout ce qu'il falloit pour le départ de leur maître, qu'ils n'aimoient guère, parce qu'ils s'étoient souvent apperçus qu'il ne les aimoit pas mieux. Les chevaux de poste sont commandés : Philoclès part pour la Hollande. La variété des objets le dérida un peu, tant qu'il fut sur les routes de France; mais, arrivé sur celles de la Haye, il trouva ses amis les cabaretiers Hollandois, de grands Arabes; et comme il s'en plaignit, on le fit payer un peu plus cher; ce qui lui fit dire des choses fort énergiques sur la mauvaise police du pays. Il resta peu à la Haye, disant que la manière de vivre de l'ambassadeur lui rappeloit le luxe de son pays.

Philoclès fut s'établir à Amsterdam, où il se lia avec des négocians qui, pour l'amuser, lui donnoient du thé, des pipes et du tabac, et ne sortoient d'une espèce de léthargie, que pour calculer le produit de tel ou tel embarquement. Philoclès vouloit souvent leur prouver que leur commerce et leur gouvernement étoient infiniment vicieux; ses intimes amis le laissoient dire, buvoient de la bière, et fumoient sans lui répondre. Il se lassa bientôt de cette vie monotone, et prit le chemin de la Suisse, en disant : Ah, grand Dieu ! quel pays où les aubergistes vous rançonnent, où les riches habitans vous ennuient, où l'on ne trouve pas de bonne eau à boire, point de terre pour se promener, et point d'air pur pour respirer !

Philoclès arriva à Soleure sur la fin de mai. L'aspect des étonnantes vues du Mont-Jura sembla le consoler des marais qu'il venoit de quitter, et il crut avoir enfin trouvé le pays qui convenoit à son existence. Un riche bourgeois de Soleure le prit en pension pour un prix raisonnable. La famille de cet honnête citoyen étoit composée de lui, sa femme, et une jeune fille de dix-huit ans, nommée Léonore, dont la beauté étoit simple et naturelle, comme le pays qu'elle habitoit. M. Hoff, le maître de la maison, avoit sur le Mont-Jura une petite habitation, d'où on lui apportoit chaque semaine le meilleur lait et le meilleur beurre possible. La chère qu'on faisoit chez lui n'étoit pas délicate, mais tout étoit bon et sain. Philoclès ne pouvoit se lasser d'admirer la simplicité et la candeur de ses hôtes; et la beauté de Léonore lui causoit une admiration dont il cherchoit à se rendre compte, n'ayant jamais rien éprouvé de pareil. On proposa d'aller passer huit jours à la petite bergerie du Mont-Jura. Une espèce de chariot couvert fut bientôt préparé: on loua deux forts chevaux , et la voiture , remplie par les maîtres et les domestiques , conduisit la troupe à la petite maison. Philoclès , en arrivant , resta dans une espèce d'extase. Des rochers immenses , couverts des plus beaux bois , sembloient s'entr'ouvrir pour donner passage à des cascades naturelles d'une eau brillante comme le cristal. On voyoit au pied de ces rochers majestueux , des prairies émaillées où paissoient de nombreux troupeaux , des lacs , des villes dans un éloignement que l'œil parcouroit avec cette admiration silencieuse que cause le plus grand et le plus beau spectacle de la nature. Philoclès , en sortant de cette douce rêverie , jeta les yeux sur Léonore. Ah, belle Léonore ! lui dit-il avec transport , voilà ce que j'ai vu de plus beau après vous. — Monsieur , vous avez bien de la bonté , répondit Léonore en rougissant , et allant bien vîte dire à sa mère ce qu'elle venoit d'entendre. — Ma fille , il ne faut pas croire pour cela que vous soyez belle. Les François sont tous polis; c'est la mode du pays. Si monsieur Philoclès te fait encore des politesses, tu me le diras; mon enfant, embrasse-moi, et sois toujours bien raisonnable. — Oh, maman ! n'ayez pas peur, je vous dirai tout.

Philoclès, enchanté d'un séjour tout nouveau pour lui, se crut un autre homme : le bon air de la montagne avoit dissipé les idées métaphysiques et souvent noires auxquelles il étoit sujet. Son caractère désapprobateur avoit disparu ; mais son cœur et son esprit lui retraçoient par-tout Léonore. Il la rencontra tenant un vase de terre rempli de lait, qu'elle apportoit à la main : il voulut se charger du vase, en baisant vivement la main de Léonore. — Oui, belle Léonore, vous m'avez inspiré les plus aimables sentimens, et je donnerois l'empire du monde pour être aimé de vous. — Monsieur.... je n'ai rien à répondre ; c'est à mon père et à maman qu'il faut dire tout cela. Léonore n'eut rien de plus pressé, en arrivant, que d'aller raconter à sa mère ce qui venoit de se passer. — Il t'a donc dit qu'il t'aimoit beaucoup ? — Oui, maman ; et que si je l'aimois, il seroit heureux comme un empire.—Ouidà!...etil t'a baisé la main? — Oui, maman, mais fort; en voilà encore la marque.—Mon enfant, il faut éviter de te trouver seule avec lui. Il me paroît trop riche pour nous.

Madame Hoff ne manqua pas de raconter tout cela à son mari, qui en fut très-choqué, et à qui cela ne donna pas bonne idée de la politesse françoise. Mais tandis que ces bonnes gens faisoient sur cela des réflexions morales, ils virent tout-à-coup leur chambre remplie de fumée. Le domestique de Philoclès ayant imprudemment laissé tomber une chandelle mal éteinte sur de la paille, le feu avoit pris avec violence. Le premier mouvement du père fut de voler à la chambre de sa fille, et de l'enlever dans ses bras à travers la fumée, suivi de sa femme, qui couvroit de ses deux mains le visage de sa chère Léonore. Philoclès qui des premiers avoit apperçu la flamme, s'étoit saisi de ses effets, et les avoit portés dans le jardin, d'où il contemploit, en prononçant de lugubres phrases sur les progrès de l'incendie, qui heureusement fut bientôt éteint, le feu n'ayant pour aliment que des choses de peu de durée. Il accourut alors, et chercha par de beaux discours à consoler la famille consternée; mais monsieur Hoff lui dit en l'interrompant : Monsieur Philoclès, je n'aime pas les gens d'esprit qui veulent en conter à ma fille, et qui ne lui portent pas de secours; demain matin nous retournons à la ville, où vous aurez la bonté de chercher un autre logement. On peut bien imaginer que le retour à la ville fut triste et silencieux. Philoclès disoit tout bas : Quoi ! l'ami des hommes, le citoyen de l'univers ne trouvera donc dans ses voyages que des fripons, des ennuyeux et des bégueules ! Je vois qu'il n'est pour moi que l'Angleterre : allons-y chercher des hommes et la liberté. En effet, Philoclès, au lieu de chercher un autre logement et une fille plus docile, partit pour Londres, où il arriva six semaines après, non sans avoir trouvé en chemin matière à dénigrer l'humanité et les coutumes.

Philoclès fut descendre chez un homme dont

on lui avoit donné l'adresse , et qui prenoit des pensionnaires ; mais comme il arriva le matin d'assez bonne heure, il n'eut rien de plus pressé que d'aller examiner les bords de la Tamise. Enfin , se disoit-il , le voilà ce peuple-roi. Quelle activité ! combien de richesses ! il semble que tous les peuples de la terre viennent ici rendre hommage aux maîtres des mers et à la liberté. Dans ce moment même un batelier, qui s'apperçut que Philoclès étoit étranger , prit de l'eau bourbeuse, dont il arrosa amplement les bas de l'admirateur ; tandis qu'un autre homme du bas peuple s'amusoit à barbouiller sa bourse à cheveux qu'il avoit oublié d'ôter , n'ayant pas fait réflexion que le peuple-roi ne veut pas que chacun se mette suivant la mode de son pays. Philoclès s'en retourna chez son hôte , et lui raconta son aventure. Vous pouviez , lui dit ce dernier , proposer le coup de poing à ces drôles-là ; ils n'auroient pu le refuser. — Cette réparation m'ayant paru inutile, j'ai préféré de quitter les bords de la Tamise. — Convenez que notre marine est imposante. — J'en conviens ; mais je voudrois qu'on retranchât la boue noire dont on accable les étrangers qui l'admirent.

L'heure du dîner étant venue, on se mit à table. Philoclès s'apperçut qu'on avoit beaucoup d'égards pour un des convives, malgré l'extrême simplicité de sa parure et son air sombre : il ne dit pas un mot pendant tout le dîner. En sortant de table, Philoclès demanda à l'hôte quel étoit cet homme silencieux. — Ah ! lui dit l'hôte, c'est ce qui s'appelle un homme celui-là ; il a voyagé par toute la terre ; il répand les guinées comme la paille : tous les lords sont ses ennemis en naissant, et il est toujours prêt à payer ceux qui frondent le gouvernement. Ce n'est pas précisément patriotisme ; car il m'a dit plus d'une fois qu'il étoit citoyen de l'univers. — Citoyen de l'univers ! voilà mon frère. De grace, Monsieur, mettez-moi à portée de me lier avec ce galant homme. — Très-volontiers, reprit l'hôte : il dîne tous les jours ici ; et si votre façon de penser lui convient, cela sera facile : il possède, à deux lieues de Londres, une fort jolie maison de campagne ; mais il y va presque toujours seul.

Philoclès ne manqua pas , toutes les fois qu'il dîna avec le silencieux Guillaume Griff, (c'étoit le nom de l'ennemi des lords) de manifester sa façon de penser , en frondant la politesse françoise, et sur-tout la manière de vivre hollandoise , sans oublier la Suisse. Quoiqu'il n'eût vu ces deux derniers pays qu'en passant , il parloit de leurs gouvernemens et de leurs lois comme s'il les avoit examinés dix ans. Guillaume Griff applaudissoit d'un signe de tête ; et la liaison s'étant établie, il finit par proposer à Philoclès d'aller dîner avec lui à sa maison de campagne ; ce que celui-ci accepta avec grand plaisir. Ils firent le chemin à pied ; et pendant un quart du chemin, Guillaume Griff n'ouvrit pas la bouche. — Vous avez sûrement beaucoup voyagé ? dit Philoclès. — Beaucoup. — Quel pays vous a paru le meilleur à habiter ? — Aucun. — Il est vrai que les hommes sont par-tout à peu près... — Des fripons. — On dit cependant que la

Chine est un royaume qui ... — En retranchant les mandarins. — Vous avez sûrement été à Paris, qu'en pensez-vous? — Rien de bon; on n'y voit que des François. — Je suis de votre avis; d'ailleurs nulle tolérance. Si vous allez le soir dans les rues, vous rencontrez un guet toujours prêt à vous arrêter. Si vous allez à la campagne, c'est la maréchaussée : tout cela annonce une sorte d'esclavage... Dans cet instant un homme, au détour d'une haie, se présente, le pistolet à la main, aux deux citoyens de l'univers, en les priant poliment de se défaire de leurs bourses en sa faveur. — Cela est juste, dit froidement Guillaume Griff en lui donnant la sienne. Philoclès ne montra pas la même indifférence ; mais il fallut bien en passer par là. Le voleur les remercia, et prit un autre chemin. — Cet homme est honnête, dit gravement Guillaume Griff. — Cette manière d'être honnête, reprit Philoclès, n'est pas celle que j'aimerois le mieux. — Je ne vois pas pourquoi ; cet homme n'a probablement pas d'autre ressource : il revient en partage avec ses frères ; cela me paroît tout naturel.

Arrivés à la maison de campagne, les deux cosmopolites dînèrent en silence. Après le dîner, Guillaume Griff fuma trois pipes de tabac, et Philoclès fut se promener dans le jardin, qu'il trouva rempli de cyprès, d'ifs, de sapins, de mélèzes, et d'autres arbres aussi rians : on avoit distribué par ci par là quelques gros morceaux de rocher, deux ou trois tombeaux, et quelques monumens gothiques.

Philoclès rejoignit son compagnon, qu'il trouva un peu plus sombre que de coutume. Il ne put, pendant la route, en tirer que ce seul mot : Je m'ennuie. Et il apprit le lendemain, que son ami Guillaume Griff s'étoit pendu pour éviter l'ennui. Philoclès, levant les yeux au ciel, disoit douloureusement : Où dois-je porter mes pas ? Quoi ! l'enfant de la nature, le citoyen de l'univers ne peut trouver le bonheur dont il est si digne ? O siècle de fer !

———————

LE CURÉ CHAMPENOIS.

———

Dans un des plus beaux cantons de la Champagne se trouvoit un vieux château très-solide, mais dont les appartemens étoient assez mal distribués ; on voyoit dans le sallon d'honneur une très-vieille tapisserie à grands personnages, de grands fauteuils à bras tant soit peu déchirés, et une très-petite glace sur une fort grande cheminée : c'étoit le seul meuble moderne qui ornât le sallon. Monsieur le comte de Rochevieille, seigneur de ce château, étoit bien persuadé que son sallon, ainsi qu'une grande chambre qu'on nommoit la chambre du roi, et dans laquelle on ne couchoit jamais, étoient d'une beauté rare, ainsi que les meubles qui avoient servi de père en fils depuis deux cents ans. Mais si le château n'étoit pas agréable pour des yeux accoutumés au luxe des capitales, les entours en étoient charmans ; une petite rivière circuloit à sa volonté parmi des groupes de bois de différentes espèces, et de là s'étendoit, en produisant des cascades naturelles, dans une vaste prairie où paissoient de nombreux troupeaux. La vue n'étoit interrompue que par des bouquets de saules et de peupliers. A trois cents pas du château, une grande pièce d'eau, qu'on nommoit l'étang, bordoit une forêt dont les chênes majestueux annonçoient l'antiquité. Monsieur le Comte, qui étoit le chasseur le plus déterminé du canton, y passoit la plus grande partie de son tems, suivi d'un vieux valet son cuisinier et son piqueur. Ils étoient l'un et l'autre si bons tireurs, qu'un sanglier ne les effrayoit pas plus qu'un lièvre. Ce bon gentilhomme avoit perdu sa femme depuis dix ans : il lui restoit une fille unique âgée de seize ans, dont la beauté étoit fraîche et naturelle comme les roses du printems : elle avoit été élevée par une espèce de fille de compagnie, qu'on nommoit made-

moiselle Argine , occupée du détail et du soin
du ménage , grondant souvent monsieur le
Comte de la dépense qu'il faisoit pour ses
chiens, et sur-tout de ce qu'il dérangeoit l'ordre des repas, en emmenant le cuisinier. Le
Comte convenoit de ses torts, aimant sa chère
Emilie avant tout , même avant ses chiens ;
mais dès que le jour paroissoit favorable pour
la chasse, il partoit, en promettant de revenir
assez tôt pour donner le tems au cuisinier de
préparer le dîner , ce qui, malgré sa promesse,
se réalisoit très-rarement. Emilie et Argine
avoient par bonheur une ressource. M. Franco,
curé du village , avoit son presbytère tout auprès du château ; et quand le bon curé prévoyoit que la chasse iroit un peu trop loin,
ses voisins venoient dîner avec lui. Une veuve
de quarante ans, sa nièce, faisoit les honneurs
du presbytère. L'oncle et la nièce étoient l'un
et l'autre les plus honnêtes créatures possible.
M. Franco , dont la cure étoit très-bonne , et
qui la tenoit du Comte, faisoit le plus digne
usage

usage de son revenu ; s'il y avoit des pauvres dans sa paroisse, on n'y voyoit point d'indigent. Sa nièce et lui s'étoient arrangés pour conduire l'éducation de l'aimable Emilie, que le comte, malgré sa tendresse paternelle, auroit un peu négligée, persuadé qu'avec un beau nom on doit avoir une belle ame, ce qui n'arrive pas toujours. Les jours de grande chasse, où l'on alloit dîner chez le curé, Emilie avoit grand soin de faire porter, par Marton sa nourrice, ou du poisson qu'on pêchoit dans l'étang, ou quelques pièces de gibier. Emilie portoit elle-même dans un petit panier, des œufs frais et les fruits de la saison ; ces repas étoient toujours accompagnés de la gaieté et de la candeur. La compagnie retournoit au château, afin d'apprêter les choses nécessaires pour le retour des chasseurs, et assister au souper du comte, à qui on ne faisoit pas le plus petit reproche, de peur d'interrompre sa digestion et le plaisir de raconter ses exploits et les talens de ses chiens : made-

B

moiselle Argine avoit seule l'air un peu austère, en donnant des ordres pour qu'il ne
manquât rien au souper, et faisant chauffer
elle-même le linge pour la toilette du bon seigneur de Roche-vieille, qui, après le souper,
s'endormoit jusqu'au lendemain, destiné or-
dinairement en entier à son Emilie, au curé,
et à quelques voisins, s'ils venoient ce jour-là
lui demander à dîner. La nièce de M. Franco
ayant été très-bien élevée, avoit appris à
Emilie tous les petits ouvrages qui peuvent
occuper les femmes, et même assez de dessin
pour tracer elle-même ce qu'elle vouloit faire
en tapisserie ; le curé ayant une assez jolie
bibliothèque lui prêtoit des livres, en lui faisant remarquer les beaux endroits. On lui
envoyoit le Mercure de Paris ; et les jours de
courier, la petite société se rassembloit pour
deviner les énigmes et les logogryphes : quand
par hasard Emilie trouvoit le mot, le comte,
dans l'enchantement, disoit au curé que sa
fille étoit un prodige d'esprit. Emilie, quoique

très-jeune, avoit appris du bon pasteur à ne
pas mettre tant de valeur à ces prodiges-là,
mais sans jamais laisser entrevoir à son père la
supériorité que donnent les connoissances sur
ceux dont l'éducation a été négligée. Les vers
et les dissertations du Mercure endormoient
le comte ; il ne se réveilloit qu'à l'article nouvelles, et disoit souvent, en écoutant les hauts
faits de Suffren, la Fayette et autres : Ah! si
mon père ne m'avoit pas fait quitter le service, comme fils unique, il seroit aussi parlé
de moi! mais ce qui est fait est fait ; je n'en
suis pas moins bon serviteur du roi, et je n'aurois, morbleu! pas plus peur d'un Anglois que
d'un sanglier.

Le comte, pour amuser son Emilie, faisoit
venir du bourg prochain, dès le commencement de la belle saison, deux violons tous les
dimanches après vêpres; le village se rassembloit au château , et le curé le trouvoit fort
bon, bien persuadé que cela étoit moins dangereux pour les habitans, que si la jeunesse

B ij

s'étoit dispersée dans les bois pour chercher des noisettes. Ce jour-là les jeunes barons, vicomtes et chevaliers des environs, ne manquoient pas de se rendre au château pour avoir le plaisir de contempler la jeune Emilie, qui recevoit tous leurs soins avec une politesse qu'ils trouvoient bien froide. Un vieux seigneur de château, très-riche, venoit fort souvent voir son voisin le comte de Rochevieille, applaudissant Emilie avec la délicatesse d'un amant : l'usage du monde où il avoit vécu, rendoit sa conversation très-agréable, et Emilie l'écoutoit toujours avec plaisir. Le bon curé ne sachant à quoi attribuer ces soins d'un homme en cheveux blancs, prit sur lui de lui en demander la raison. ——Pardonnez-moi, M. le marquis, cette espèce d'indiscrétion; mais vous connoissez mon attachement pour le M. le comte et pour sa charmante fille. ——Je vais, mon cher curé, vous donner une preuve de l'extrême confiance que j'ai en vous; il doit en effet vous paroître ridicule que j'aie l'air de chercher à plaire à Emilie ; c'est cependant le projet que j'ai formé, non comme amant (je ne suis pas un fou), mais comme un père tendre. Vous savez que j'ai eu le malheur de perdre mon fils aîné à la guerre ; le second, que j'avois destiné pour Malthe, y fait ses caravannes ; je lui ai écrit de ne plus songer à faire ses vœux, comme vous pouvez l'imaginer. Mon projet est, à son retour, d'offrir sa main et sa fortune à Emilie, et je veux tâcher de lui faire aimer son futur beau-père, et par la douce amitié préparer son jeune cœur à un sentiment encore plus tendre, pour un fils que je crois digne d'elle. Je sais tout ce que cette charmante fille doit à vos soins et à vos conseils, et j'espère que vous approuverez mes vues et que vous serez toujours notre ami. Le bon curé fut enchanté de cette confidence ; il connoissoit le caractère noble et vertueux du jeune homme ; mais la grande fortune du marquis, lui avoit fait croire qu'il destinoit son fils pour quelque brillant parti à la cour. En promettant le secret sur tout cela, le bon M. Franco se promit bien aussi de disposer le cœur d'Emilie pour ce bonheur inattendu.

Il y avoit, à une demi-lieue de Roche-vieille, une très-jolie terre qui depuis un an étoit à vendre, et l'on apprit qu'elle venoit d'être achetée par un homme de Paris très-riche, qui comptoit en faire son unique demeure et y ajouter tous les embellissemens possibles: ce nouveau seigneur se nommoit le chevalier de Philinte; il avoit environ quarante-ans; c'étoit un de ces célibataires voluptueux, qui, ayant puisé dans la capitale tous les principes de la philosophie moderne, et ne sachant où rencontrer le bonheur, s'étoit imaginé qu'il le trouveroit à la pure campagne. Quand il fut établi dans sa nouvelle demeure, il fit les visites d'usage à ses voisins; mais aucun ne parut l'intéresser autant que celui de Roche-vieille: l'espèce de simplicité antique qu'il y trouva, lui parut absolument neuve; et comme il avoit de l'esprit et du liant dans le caractère, il obtint aisément du comte la permission de profiter souvent du voisinage. La figure et la candeur d'Emilie étoient pour lui un objet d'admiration ; mais sans trop louer sa figure, il parloit sur-tout de son esprit. Emilie étoit flattée de ce qu'un philosophe daignoit s'occuper d'elle : elle en parloit souvent au bon curé, qui ne paroissoit pas fort content de cette confiance, mais qui avoit le bon esprit de cacher ses craintes à la jeune Emilie. Philinte ayant calculé l'esprit des différens personnages du château de Roche - vieille, eut bientôt apperçu ce qui pouvoit leur plaire ; il fit venir d'excellens chiens anglois, en disant au comte qu'il ne savoit qu'en faire, et lui faisant croire que c'étoit un service à lui rendre que de l'en débarrasser. Il trouva aisément le moyen de faire accepter à mademoiselle Argine de fort jolies robes, en lui faisant payer le quart du prix qu'elles avoient coûté, et demandoit souvent à la nourrice Marton des œillets qu'elle s'amusoit à cultiver, afin d'avoir occasion de lui donner plus d'argent qu'elle n'en avoit jamais vu. Il proposa plusieurs fois au curé de décorer son église ; mais le curé le refusa toujours avec une politesse froide, ce que le comte ne comprenoit pas. — C'est de l'humeur de la part de M. le curé, disoit mademoiselle Argine avec dignité. — Pardi ! reprenoit Marton, ça est ben vrai, car ce M. Philinte est un homme, dame ! comme j'n'en ai jamais vu : y marie des filles, y vous lâche l'argent comme la paille. Tous ces propos-là répétés sans cesse, faisoient rêver Emilie. Son cœur n'étoit nullement blessé pour l'adroit Philinte, mais son esprit étoit à moitié séduit. Il la trouva un jour seule, occupée à lire l'Histoire ancienne de M. Rollin. Ah ! belle Emilie, lui dit-il avec un air d'intérêt, comment, quand on a l'esprit aussi juste que vous l'avez, peut-on le nourrir de ces ouvrages de collège ? croyez-moi, mademoiselle, la nature vous a destinée à des vues plus sublimes. —

Cependant M. le curé m'a toujours dit que c'étoit un fort bon auteur. —— M. le curé a fait son métier, je suis loin de le blâmer; mais si vous lisiez nos auteurs vraiment pensans, ces sages faits pour nous guider dans le chemin de la vérité... —— Ah! j'avoue que je serois bien curieuse de lire les écrits de ces sages. —— Je suis fort éloigné de gêner les façons de penser, et la tolérance est une des premières vertus; je pourrois vous prêter ces ouvrages, mais peut-être ce bon curé ou ceux qu'il prêche... Ce n'est pas que je doute de votre discrétion, mais..... —— Ne craignez rien; les livres que voudrez bien me prêter seront sous ma clé. —— Dès que vous me le promettez, belle Emilie, toute ma bibliothèque est à vos ordres.

Philinte ne manqua pas d'apporter à Emilie les ouvrages qui devoient l'éclairer; il entremêloit ces livres, soi-disant philosophiques, de traductions de certains romans anglois, la nouvelle Héloïse, etc. C'est sur-tout le sentiment, lui disoit-il, qui doit régler toutes nos actions ; il faut, pour se distinguer de la vie commune, avoir certains principes et se former d'après cela un caractère : la nature vous a donné une figure charmante, un esprit fait pour appercevoir et mettre la valeur aux misères qui écartent le bonheur : ce n'est pas à un curé de village à apprécier et à conduire une ame telle que la vôtre. La seule estime m'engage à vous parler ainsi : revenu du tourbillon des passions, j'ai apperçu en vous tout ce qui peut la rendre durable. Ah ! que l'intérêt que vous inspirez est loin de ces goûts passagers, incapables de fixer un cœur vraiment honnête ! L'amour-propre, si naturel à une jeune personne, jouoit tout son rôle, et le nouveau précepteur faisoit des progrès dont Emilie ne prévoyoit pas le danger : elle n'empruntoit plus de livres au curé, et se trouvoit embarrassée en lui parlant ; il s'apperçut même, à certains propos échappés dans la conversation, qu'Emilie avoit appris des choses con-

traires à son ancienne façon de penser. Le
bon M. Franco voulut avoir avec sa pupille
un entretien, où il lui rappela ces principes
et la confiance dont elle l'avoit honoré dès
sa plus tendre enfance ; il ne trouva que de
l'embarras et de la dissimulation. Emilie n'é-
toit plus la même : on la voyoit souvent rê-
veuse ; ses petits ouvrages ne l'occupoient plus ;
elle ne parloit que des agrémens qu'on doit
trouver dans la capitale , et sur-tout des lumières qu'on peut y acquérir. Le bon curé étoit
désespéré ; en confiant sa peine à sa nièce ,
il lui disoit souvent , les larmes aux yeux :
Hélas! notre chère Emilie n'est plus la même ,
depuis l'arrivée de ce dangereux voisin : elle
a perdu sa gaieté , son air de candeur ; si cela
continue , nous avons tout à craindre. Je n'ose
en parler à son père , qui regarde Philinte
comme un oracle : ce dernier a séduit tout
le château , par son air doux et sa générosité
prétendue. Hélas! répondoit la nièce , je ne
vois aucun moyen d'ouvrir les yeux d'Emilie :

d'en parler à M. le comte n'aboutiroit à rien ; on nous accuseroit de jalousie, et voilà tout. Ils étoient tous deux dans cette cruelle perplexité, quand un heureux hasard vint les servir mieux que toute leur morale n'auroit pu faire.

Philinte avoit pour confident et pour commissionnaire un de ses laquais, très-digne en tout point d'un tel maître; ce laquais, pour passer le temps, avoit séduit une jeune paysanne, habitant près de la poste aux lettres, dans un village des environs. Le laquais l'ayant rencontrée, en portant une lettre de son maître, s'amusa à se promener avec cette fille; et comme la promenade les mena un peu loin, il confia la lettre à la jeune personne, en lui recommandant de la mettre à la poste : cette fille ayant cru glisser la lettre dans sa poche, la laissa tomber par terre sans s'en appercevoir. Un paysan qui alloit travailler au jardin de M. le curé, ramassa la lettre et l'ouvrit sans cérémonie ; mais n'ayant pas pu déchiffrer un mot d'une écriture trop difficile à lire pour lui, il l'apporta à M. Franco. Le curé le gronda d'abord d'avoir ouvert la lettre, mais sa nièce ayant apperçu le nom d'Emilie, la prit des mains de son oncle ; et après avoir parcouru quelques lignes, elle s'écria : Ah, mon oncle, Dieu soit loué ! voilà de quoi sauver notre Emilie des griffes du tigre. — Que veux-tu dire, mon enfant ? — Lisez, lisez : ah, le scélérat ! ah, le monstre ! — Voyons, voyons, dit le bon curé en mettant ses lunettes et lisant :

« Ne soyez pas surpris, mon cher Montrose, si j'ai été si long-temps à vous répondre, relativement à ma petite Emilie, qui, en vérité, est plus fraîche qu'une rose ; il m'a fallu du temps pour subjuguer un imbécille châtelain, une confidente et une vieille nourrice ; mais ce qui m'a donné le plus de peine, a été d'amener notre jolie campagnarde à écouter nos grands principes ; enfin, je suis parvenu à faire lire nos ouvrages favoris : on commence à m'écouter. Quand j'aurai mis le moral à son point , j'espère que le physique paiera mes soins : nous connoissons le pouvoir de l'occasion, et tu imagines bien que je ne la laisserai pas échapper. En vérité, si j'avois été assez imbécille pour croire à la vertu des femmes, je crois que cette petite Emilie m'auroit fait oublier mon vœu de célibataire. Crois-tu qu'il ne m'a pas été possible de gagner la confiance d'un curé de village? Cette espèce de pédant a pris un tel ascendant sur l'esprit de la petite fille , que c'est même encore un obstacle à mes vues; je ne perds pas une occasion d'écarter l'ancienne confiance qu'on a en lui : on commence à lui cacher que je prête à ma pupille des livres , autres que le radoteur Rollin et ses semblables. En vérité , mon cher Montrose , j'ai cru pendant quelques jours être réellement amoureux; mais ne va pas divulguer cette bêtise à nos amis : quand j'aurai conduit mon roman au dénouement , ce qui n'est pas encore l'affaire d'un jour, tu seras

le premier à qui je ferai part de mes succès,
qui, à l'âge de quarante ans, doivent, ce me
semble, me donner une certaine considération dans la bonne compagnie. Adieu, je t'embrasse. As - tu toujours ta jeune comtesse ?
Prends garde au ridicule, si cela dure encore
un mois. »

O ciel! s'écria en joignant les mains le bon
curé, et en se jetant à genoux pour remercier
Dieu, avec cette candeur de la vertu. Ciel!
est-ce bien un homme qui a écrit cette lettre
abominable? Allons, ma nièce, allons vîte
trouver Emilie ; arrachons ce tendre agneau
des griffes du loup. A les voir courir tous
deux, on eût cru que le feu étoit au château,
où ils arrivèrent tout essoufflés. Ils trouvèrent
l'honnête Philinte jouant paisiblement au
trictrac avec le comte, qui rioit à gorge dé-
ployée de la quantité d'écoles de ce premier.
Emilie ayant l'air assez triste, travailloit auprès de la fenêtre du jardin avec mademoiselle
Argine qui avoit l'air très-gai. Bon jour, curé,

dit le comte en continuant de rire; si vous aimez les écoles, venez voir jouer le voisin. Le bon curé ayant peine à se contenir, ainsi que la nièce, s'approcha d'Emilie, en la priant de passer avec lui dans le jardin : elle quitta aussitôt son ouvrage et les suivit; ce qui ayant fait faire une nouvelle école (mais involontaire) à Philinte , redoubla les éclats du comte qui crioit à Emilie et au curé de revenir pour en être témoin. Quand le curé et sa nièce furent hors de portée d'être vus, ils fixèrent Emilie en lui serrant tendrement les mains. O ma chère Emilie! dit le bon curé les yeux remplis de larmes, ma chère enfant, permettez-moi ce nom; vous aviez donc des secrets pour moi, pour le plus fidèle de vos amis? — Que voulez-vous dire? répondit Emilie en tremblant. — Ces malheureux ouvrages que vous me cachiez , ces conseils d'un homme perfide. —Moi... des secrets... Il est vrai... que... mais j'avois donné ma parole de ne vous en point parler... Quant aux conseils, il

m'a

m'a toujours parlé comme un honnête homme,
et... Lizez, lui dit le curé en lui donnant la
lettre de Philinte... A peine Emilie étoit à
moitié de la lettre, qu'elle perdit connoissance
dans les bras de la nièce : le bon curé, au désespoir de s'être trop pressé, court à une fontaine, s'y jette jusqu'aux genoux, et rapporte
son chapeau rempli d'eau qu'il répand sur le
visage d'Emilie, qui, dans cet instant, avoit
la pâleur de la mort : la nièce venoit de couper son lacet; enfin, à force de soins et de
caresses, on fit revenir Emilie, qui, baissant
les yeux, n'osoit regarder le curé, très-fâché
lui-même de sa précipitation pour l'éclairer.

Cette scène touchante ayant duré près d'une
demi-heure, ils virent arriver le comte riant
de plus belle, et Philinte, à qui l'absence
d'Emilie et l'arrivée du curé donnoient un air
d'inquiétude. Emilie revenue à elle-même,
jeta sur Philinte ce regard imposant de la
vertu qui confond le vice. Philinte ayant vu
dans les mains du curé une lettre où il crut

C

reconnoître son écriture, resta un moment immobile, et quitta brusquement la compagnie, de peur d'accident plus fâcheux. Ayant questionné son laquais au sujet de la lettre qu'il lui avoit ordonné de mettre à la poste, ce dernier lui avoua que l'ayant donnée à une jeune paysanne, elle avoit perdu la lettre. Philinte inquiet des suites retourna bien vîte à Paris, et peu de temps après revendit la terre. On apprit que s'étant livré au gros jeu, ses intimes amis l'avoient ruiné, de façon que sa seule ressource fut de se casser la tête d'un coup de pistolet, afin d'éviter l'ennui.

Le comte de Roche-vieille, étonné du départ précipité de Philinte, appercevant le désordre des habits d'Emilie, et le curé mouillé jusqu'aux genoux, passa du rire à l'inquiétude : on lui dit qu'Emilie ayant fait un faux pas, s'étoit trouvée mal, et que le curé en courant à la fontaine pour chercher de l'eau, avoit glissé. — Ah, bon Dieu ! s'écria le comte en enlevant sa fille dans ses bras, peut-être mon

Emilie s'est donné une entorse? Emilie le rassura en l'embrassant. Le curé et sa nièce ne se sentoient pas d'aise; ils passèrent la soirée au château. Emilie, les yeux baissés et l'air humilié, fut l'objet de tous les soins les plus tendres : son père attribuant son air triste à son faux pas, vouloit absolument qu'elle se déchaussât, et revenoit sans cesse à la crainte d'une entorse. On fut se coucher; et le comte, sans songer à ses chiens, étoit dès la pointe du jour à la porte d'Emilie, prêtant l'oreille pour entendre si elle ne se plaignoit pas : dès qu'elle fut levée, il courut l'embrasser, lui demandant vingt fois comment elle se trouvoit; Emilie le rassura en disant qu'elle se portoit à merveille. Le curé et la nièce vinrent dîner avec eux; le comte s'endormit après dîner, suivant sa coutume, et les autres furent se promener dans le jardin. Emilie, après avoir exprimé au curé et à la nièce toute sa reconnoissance, dit à ce premier, en levant les yeux au ciel : Ah! quel monstre que ce chevalier Philinte ! On le disoit philosophe, et vous m'aviez toujours dit que la philosophie étoit l'amour de la sagesse. — Ce que je vous ai dit, ma chère Emilie, je le pense encore : un vrai philosophe est un honnête homme ; mais celui qui usurpe ce nom pour en imposer, est, en tout point, ce que sont les hypocrites et les fanatiques pour la religion. Ces prétendus philosophes sont pour la saine morale, ce qu'est le Tartuffe de Molière quant à la piété. Remercions le ciel de ce qu'il vous a fait échapper à des systêmes pernicieux.

Emilie reprit ses occupations ; sa gaieté reparut. Le fils du bon marquis revint de Malte, ne fit des vœux que pour Emilie ; leur mariage se conclut au gré de tout le monde, et la belle Emilie se promit bien, si elle avoit des filles, de préférer pour leur éducation les conseils d'un bon curé, à ceux d'un bel-esprit.

———

PROCÈS

OUBLIÉ DANS LES CAUSES CÉLÈBRES.

ARISTE, vieux garçon, vivoit à Paris dans la bonne compagnie, c'est-à-dire, avec des gens d'esprit qui avoient de l'usage et des mœurs, et avec des gens de qualité qui étoient instruits. Ayant perdu tous ses plus proches parens, il se détermina à vendre une jolie petite terre qu'il possédoit à quinze lieues de Paris. Il avoit un intime ami nommé Cléante, lequel ami avoit femme et enfans. Mon ami, lui dit un jour Ariste, je veux vendre ma terre; je l'ai fait estimer, on m'a dit qu'elle valoit au plus quarante mille écus; j'ai été étonné du prix, car je n'en tire pas mille écus par an. Vraiment je la connois, répondit Cléante, elle est à côté de la mienne; je vous demande la préférence; mais, mon ami, c'est à une condition : on a mal apprécié votre terre ; elle vaut cinquante mille écus au lieu de quarante ; si vous voulez, le marché sera conclu dès aujourd'hui. — Pour les quarante, à la bonne heure, reprit Ariste. — Pas moins de cinquante, répondit Cléante, et c'est même à bon marché. — Monsieur, vous voulez toujours avoir raison ; vous n'aurez ma terre que pour ce qu'elle vaut. — Monsieur, j'aime mieux y renoncer que de vous voir faire un mauvais marché. — Vous êtes par fois d'un entêtement insupportable ; je vous dis que ma terre ne me rend pas mille écus net par an. — Ecoutez, mon ami, il ne faut pas que notre ancienne amitié s'altère par de vains débats : nommons des experts de part et d'autre, en état d'apprécier votre terre, sans intérêts ni partialité. — Très-volontiers, répondit Ariste. Chacun nomme un expert ; après un mûr examen, ils concluent que la terre vaut cinquante mille écus. Cléante les fait aussitôt porter chez le notaire d'Ariste ; ce dernier, en signant le contrat de vente, dit à son ami d'un air tant soit peu piqué : J'ai bien senti que les experts n'étoient pas portés pour moi ; mais j'ai donné ma parole, n'en parlons plus.

———

RÉFLEXIONS

SUR LES CONNOISSANCES

RELATIVES A LA PEINTURE.

LES marchands de tableaux, à force d'en voir, d'en acheter et d'en vendre, parviennent à connoître le nom et la manière de peindre des différens artistes. On peut les comparer aux experts écrivains, qui sont capables de connoître l'écriture de tel ou tel auteur, quoique très-incapables de juger le plus ou moins de beauté du style. Un amateur ordinaire, en les voyant sur le champ mettre le nom du maître sur chaque tableau de son cabinet (ce que ne font pas toujours les plus célèbres artistes), croit que ces derniers ont moins de connoissance que le marchand qui a dix fois vendu et revendu ce qui compose sa collection; et d'après cela, il paie souvent fort cher son excès de confiance. Nous avons aujourd'hui plusieurs amateurs éclairés ; et je crois que les artistes pourroient souvent profiter de leurs conseils sur certaines parties de la peinture , telles que la composition et l'expression, sans lesquelles on peut être un bon peintre , mais jamais un grand peintre. Quant à la partie du dessin , qui est la base de la peinture , il faut avoir long-temps pratiqué pour en juger, et rarement cette connoissance est du ressort de l'amateur : tout est positif dans cette partie ; l'art des raccourcis, la perspective pratique, l'origine et l'insertion des muscles dans les différentes positions , tout cela demande un travail trop long pour un amateur , et n'est même vraiment connu que des bons peintres d'histoire. Le coloris, ce charme de la peinture, quoique destiné à rendre la vérité de chaque objet, n'est pas, comme le dessin, une vérité géométriquement démontrée : ainsi, chacun peut en parler d'après son goût , sans qu'il soit possible de lui démontrer son erreur , comme dans la partie du dessin. Tous nos poèmes didactiques sur la peinture n'apprennent rien , mais ils échauffent l'imagination d'un jeune artiste , et c'est toujours beaucoup ; je voudrois seulement qu'on retranchât ces contes frivoles , du rideau de Parrhasius , de la mouche, de l'écume du cheval , etc. Si les gens de lettres qui nous ont fait passer de siècle en siècle ces petitesses-là , avoient consulté les artistes , ils n'auroient pas transmis , comme un mérite de l'art , ce qu'il regarde comme indigne de lui.

Je voudrois qu'un jeune artiste que son génie destine au genre de l'histoire, eût pour amis un savant, qui l'aidât relativement à la composition et au costume ; un poète pour échauffer son imagination, (ils se communiqueroient cette énergie si nécessaire pour l'expression de l'ame , partie trop négligée dans notre école) ; et deux ou trois vrais amateurs éclairés : mais je desirerois sur-tout qu'il évitât ce que nous appelons la bonne compagnie , où toute expression n'est qu'un masque, où l'on ne voit que la nature altérée par les marchandes de modes. On y voit les jolies femmes, dont les cheveux sont fixés avec des épingles noires, ayant autour de la tête deux ou trois aunes de gaze étalées sans art, et que l'on nomme, à la figaro, à la harpie, etc. Cela produit une tête beaucoup plus grosse que le corps. Un gros fichu horizontalement au menton, annonce l'apparence d'une gorge énorme, au dessous de laquelle un petit corset bien serré produit ce qu'on nomme une jolie taille, et empêche ce mouvement d'ondulation des hanches si beau chez les femmes : on voit ensuite ce qu'on appelle un joli pied bien pointu, dont le soulier pourroit à peine servir à un enfant de cinq ans ; c'est cependant cette petite patte qui est destinée à porter une Vénus moderne. Ah ! si l'on voyoit ces jolis pieds nus ! quelle difformité on y trouveroit ! des doigts mutilés et l'un sur l'autre, une jambe et des genoux gorgés par la pression de ces malheureux pieds toujours dans des entraves, et qui ne portent que sur un mince pivot : combien toutes ces choses-là éloignent l'artiste de l'idée de la belle nature! Il ne doit de même aller au spectacle que par délassement : nos meilleurs acteurs ne sont que des copies souvent outrées des grands personnages qu'ils représentent, et il ne feroit d'après eux que la copie d'une copie ; au lieu que se trouvant dans son atelier, entouré de l'Hercule, du Gladiateur, de la Vénus de Médicis, de l'Apollon du Belvedère , ses idées s'agrandissent, il se retrace ce qu'il a vu et étudié à Rome ; son imagination se remplit des Dieux d'Homère, ou des Miltiade, des Alexandre, des Coriolan, des Clélie, des Cléopâtre, etc. Si le Poussin avoit vécu dans notre prétendue bonne compagnie, il n'auroit pas fait autant d'honneur à sa patrie par des productions dignes de l'antique. Nos belles dames l'auroient engagé à faire de jolis tableaux, représentant des lectures, des concerts; et il auroit bien fallu imiter les petits pieds estropiés et les coiffures de mode. On lui auroit appris à aimer l'argent plus que la postérité; il auroit vu dédaigner le sublime, et payer au poids de l'or les tableaux de petit genre, ainsi que cela se pratique de nos jours. Le Sueur a suivi la même route que le Poussin, et ses ouvrages le prouvent par la pureté des formes et la beauté de ses expressions. Ceux qui me connoissent pourroient, avec raison, me reprocher de n'avoir pas suivi la route que j'indique; mais il n'est plus temps pour moi de prêcher d'exemple, et la médiocrité de mes talens prouve la vérité des principes que j'avance. Trop répandu dans la société, je n'ai pas assez écouté les conseils de feu M. Coypel, qui lui-même n'avoit pu puiser à Rome les beautés de l'antique. Pendant douze ans, son élève et son ami, j'ai eu au moins le plaisir de contempler une vertu sans tache, et j'ose dire un homme sans défauts. Si l'on écrivoit sa vie privée jour par jour, ce seroit une histoire de l'honneur, de la probité, et de toutes les vertus sans exception. Mais je me suis échappé, j en demande pardon ; il est si doux de parler de soi, même en se rendant justice !

Je demande grace au chef-d'œuvre de la création, si j'ai pris la liberté de critiquer ses modes ; c'est que je crois fermement que la beauté n'est pas, comme on le dit, une chose de convention ; et je suis persuadé que si l'on pouvoit donner la vie à l'Hercule et au Gladiateur, ils seroient les hommes les plus forts dans tous les climats ; l'Apollon du Belvedère seroit le plus beau et le plus léger à la course ; et la Vénus de Médicis feroit tourner la tête au grand Lama, comme aux autres souverains de l'univers. Mais si l'on ajustoit Vénus avec nos coiffures de modes, qu'on lui serrât la taille et les pieds, elle pourroit bien ne faire tourner la tête qu'à nos jeunes gens en petit gilet et en grandes boucles. La nature, toujours sage dans ses vues, a donné aux femmes bien construites deux faces d'une épaule à l'autre, et deux têtes d'une hanche à l'autre, parce qu'elle les a destinées à porter des enfans. Les hommes, au contraire, doivent avoir deux têtes d'une épaule à l'autre, et deux faces d'une hanche à l'autre, parce qu'ils sont destinés aux travaux. Une femme belle et bien faite, est le chef-d'œuvre de la nature : sa marche et ses contours ressemblent à l'ondulation de la flâme qui s'élève (pourvu qu'elle n'ait pas d'entraves, bien entendu). La beauté d'un homme consiste principalement dans la taille, dont résulte la force et la légéreté.

RELATION TRÈS-VÉRITABLE

D'UNE ÎLE

NOUVELLEMENT DÉCOUVERTE.

Il y a tant d'incrédules dans le monde, que je crains d'avance que cette relation, quoique très-véridique, ne passe pour un roman aux yeux de ces gens qui doutent de tout; mais l'homme qui cherche des vérités utiles, et fait des découvertes qui honorent son siècle, ne doit écouter que son sentiment intérieur, sans s'embarrasser des mauvais propos et de ces critiques peu réfléchies des ineptes. Ne voyons-nous pas des gens soi-disant éclairés, douter encore des effets et de l'utilité du magnétisme animal, et soutenir que pour guérir certaines maladies, il est nécessaire de connoître le corps humain; qu'il faut avoir fait des cours d'anatomie, de médecine, de physique, de chimie,

de

de botanique, etc.? C'est comme si l'on nous disoit que pour aimer, il est bon d'avoir lu Ovide et le gentil Bernard; je vois cependant (et tout le monde en conviendra) des gens de vingt ans, qui n'ont jamais lu ces auteurs, aimer beaucoup mieux que des hommes de soixante, qui les ont vingt fois lus et relus. Demandez (sur-tout aux femmes) si le sentiment exalté à certain point, n'est pas capable de produire les plus grands effets dans l'économie animale. Tout le monde sait que nos cinq sens pourroient se réduire à un seul, qui est le tact; c'est par le tact que s'opèrent les prodiges du magnétisme animal : donc il faut croire à ses prodiges, donc ma relation n'est point un roman; il me semble que voilà ce qu'on appelle une bonne logique. J'entre en matière.

Le chevalier de l'Etoile, né de parens illustres, se trouvant libre à vingt ans et maître d'une grande fortune, eut dès cet âge tant de goût pour les sciences, qu'il préféra le titre de

D

philosophe à celui de colonel, quoiqu'il fût
naturellement très-brave. Il apprit l'anglois,
l'italien, fit des cours de physique et de chimie; il réunit un très-beau cabinet d'histoire
naturelle; il en orna même son boudoir, et ce
n'étoit pas ce qu'il y avoit de moins cher. Ces
belles productions de la nature ayant infiniment dérangé sa fortune, le chevalier céda
une partie de son cabinet à ses amis, et ven-
dit le reste à peu près au quart de sa valeur.
Comme il aimoit beaucoup les découvertes,
il s'embarqua pour les grandes Indes, dans
l'intention de parcourir l'Indostan, pour ob-
server ces Bramines célèbres, et tâcher de tirer
d'eux des connoissances sur leurs dogmes et leur
antiquité. Il eut grand soin, en partant, d'emporter une caisse remplie de tout ce qui pouvoit lui être utile, et un globe aérostatique
bien conditionné, avec tout ce qu'il falloit
pour en faire usage dans l'occasion. Je ne dirai
rien de sa traversée, quoiqu'il ait écrit jour
par jour les calmes, les tempêtes, les brumes,

les différentes latitudes et longitudes. Je viens au fait qui m'a paru le plus intéressant dans les détails qu'il m'a envoyés, et que je ne donne que comme une esquisse de l'ouvrage qu'il doit faire paroître à son retour, avec les preuves de sa très-singulière découverte.

Après six mois de navigation, plus ou moins pénible, l'équipage ayant besoin de faire de l'eau, relâcha près d'une île que le capitaine, qui avoit un peu perdu la carte, nomma l'île des Cocotiers, à cause de la quantité de ces arbres qu'on y trouva, très-heureusement pour l'équipage de la frégate. Chacun descendit à terre pour manger de ces fruits salutaires; les matelots coupoient l'arbre par le pied pour avoir plus tôt fait. Comme on avoit un calme plat, et que le vent ne paroissoit pas devoir changer sitôt, le chevalier de l'Etoile fit apporter à terre son ballon et la caisse qui contenoit tout ce qui lui étoit nécessaire pour ses expériences. Il fit emplir son ballon de gaz inflammable, attacha la petite gondole au dessous; mais ne trouvant point de compagnon pour lester son aréostat, il y plaça la caisse qui contenoit ses effets; et avec une intrépidité qui fit l'admiration de l'équipage, il s'éleva majestueusement dans les airs : on l'eut bientôt perdu de vue. Le chevalier ayant rencontré un vent sur lequel il ne comptoit peut-être pas, se trouva au dessus de rochers immenses, n'appercevant ni la frégate, ni l'île des Cocotiers. Ces rochers formant une enceinte d'une prodigieuse étendue, le chevalier, à l'aide de sa lunette, vit un pays qui lui parut délicieux : le soleil commençoit à baisser; il prit le parti de diminuer son gaz, et descendit très-doucement dans la plus charmante prairie possible. Après avoir fixé son ballon à un tronc d'arbre, il jeta les yeux de côté et d'autre, et apperçut par-tout la plus riche et la plus belle nature; les beaux fruits dont il voyoit les arbres chargés, lui firent sur-tout le plus grand plaisir, et il les trouva délicieux. On me demandera peut-être ce que devint la frégate?

elle se rendit probablement à l'île de Bourbon ; mais comme je n'en suis pas sûr, je ne puis l'affirmer, ne voulant offrir à mes lecteurs (si j'en trouve) que la pure vérité et des faits avérés.

Quand le chevalier fut rassuré et qu'il eut rétabli ses forces en mangeant de ces excellens fruits, il s'avança à travers des bouquets d'arbres fleuris qui parfumoient l'air, et qui étoient arrosés par des ruisseaux dont l'eau étoit plus claire que le cristal. Mais quel fut son étonnement en voyant assises au bord d'une fontaine, trois ou quatre jeunes filles d'une figure charmante ! Elles étoient vêtues d'étoffes légères, et les plus beaux cheveux du monde flottoient au gré du zéphir sur des épaules de lis et de roses. Leur premier mouvement fut de s'enfuir à la vue du chevalier ; mais les ayant rassurées par son air et ses paroles, qu'il prononça en italien, elles le laissèrent approcher, et lui répondirent dans la même langue. — Madame, nous ignorons qui vous êtes, et comment vous vous trouvez dans les états de Céleste notre souveraine. — Madame ! dit à quart de voix et en françois le chevalier ; elles me prennent pour une femme ! — Et que pourriez-vous donc être ? répondit aussi en françois une des jeunes filles. — Serois-je donc le seul homme ici ? dit en anglois le chevalier. — Qu'appelez-vous un homme ? répondit dans la même langue une des filles : nous ne connoissons aucun animal de ce nom ; et à vous voir, madame, on peut juger que vous ne pouvez être qu'une femme, et une femme de la classe du peuple, ainsi que nous, puisque la nature vous a donné des cheveux comme les nôtres. — En vérité, mesdemoiselles, je ne vous comprends pas ! Est-ce que les grandes dames de ce pays sont sans cheveux ? Ah ! quelle plaisante demande ! dit en riant la plus jeune : nos maîtresses des cheveux ! apprenez qu'elles n'ont que des plumes. — Quoi ! des plumes par-tout où l'on a des cheveux ? — Par-tout. On voit bien que vous êtes étran-

gère : en cette qualité nous allons vous conduire à notre souveraine, vous pourrez l'amuser par la naïveté de vos paroles. Le chevalier
étoit, avec raison, comme un homme tombé
des nues, en suivant ses jolies conductrices,
dont le nombre augmenta au point qu'il pouvoit à peine faire un pas. On entendoit faire
mille questions, ou plutôt on ne s'entendoit
pas. — Quelle singulière fille ! d'où vient-elle ?
d'où vient ce bizarre ajustement ? Parle-t-elle
comme nous ? a-t-elle dit son nom , son pays ?
est-elle douce ou méchante ? Tout en écoutant et souriant de ces propos, le chevalier
arriva à la première porte d'un palais, dont
il a rapporté le plan, et dont je voudrois en
vain rendre la beauté et les agrémens. On les
trouvera dans une relation plus détaillée de
son voyage. Une des jeunes filles ayant été
annoncer l'arrivée du chevalier, il fut présenté
à trois dames du palais, d'une taille au dessus
de la commune, qui toutes ensemble lui faisoient des questions ; mais son étonnement

l'empêchoit de répondre. Cheveux, sourcils, paupières, tout étoit de plumes de diverses couleurs : celle qui paroissoit supérieure aux autres par son air de dignité, avoit des plumes mordorées, et portoit à son côté trois petites plumes bleues, surmontées d'un très-beau diamant. Le chevalier apprit par la suite, que ces plumes, si frisées que vouloir les défriser étoit la chose impossible, annonçoient l'ordre de Céleste. Une dame du palais étoit spécialement chargée de les recueillir dans certains temps de la mue ; et un très-petit nombre avoit l'avantage de recevoir cette marque de distinction, qui, dans l'île, rendoit ces dames infiniment respectables. Quand le chevalier put enfin trouver un moment pour répondre, il dit à ces dames : Qu'ayant pu s'élever il avoit apperçu, en planant dans les airs, la beauté de ce pays, et il les pria de le présenter à la souveraine de ce séjour enchanté. — Quel conte ! disoit fièrement la dame aux trois plumes : une fille du peuple planer dans les airs !

Elle nous fait une histoire, reprenoit une seconde dont les plumes étoient vert-d'eau. Cependant, répondit d'un air de nonchalance une dame à plumes jonquilles, son ajustement, son air, prouvent qu'elle n'est pas née dans l'île ; je crois que nous ne risquons rien de la présenter à notre souveraine. Après bien des débats, et sur-tout beaucoup de paroles inutiles, on se décida à conduire le chevalier chez Céleste. On le fit passer dans une enfilade de pièces, ornées des plus belles plumes possibles et si artistement arrangées, qu'elles formoient les plus agréables tableaux : des pierres précieuses de diverses couleurs, relevoient l'éclat des meubles ; les planchers étoient également ornés de plumes qui formoient une espèce de marqueterie, dont les formes étoient variées à l'infini ; ce qui composoit les parquets étoit du même travail. La première dame du palais avertit le chevalier de ne parler à Céleste qu'à genoux : c'étoit l'étiquette quand cette souveraine vouloit bien se laisser voir à une fille de la classe portant cheveux ; et le chevalier étoit trop bien élevé pour se refuser à se mettre aux genoux d'une grande dame, quand même il ne l'auroit pas infiniment respectée.

On ouvrit deux battans de plumes, et le chevalier resta sans parole, en voyant nonchalemment assise sur un sopha de plumes lilas, une beauté véritablement céleste de nom et d'effet ; une taille de nymphe, un teint de lis et de roses, étoient couronnés par des plumes du plus beau bleu de ciel ; des sourcils en arc de la même couleur, ainsi que de longues paupières ; de grands yeux noirs, qui, malgré certain air de langueur, étoient remplis d'éclat ; une bouche qu'un sourire entr'ouvroit pour laisser appercevoir deux rangées de perles : tout cela jetoit le chevalier dans une telle admiration, qu'il ressembloit plutôt à une statue qu'à un homme. Un léger coup de baguette de la dame mordorée, l'avertit de son devoir ; il mit aussitôt un genou en terre, et fit à Céleste un compliment assez bien tourné, où il parloit du bonheur de se trouver dans un si beau lieu, et du plaisir de voir tant de beautés et de graces réunies. Céleste, d'un air un peu étonné, demanda aux dames du palais si elles avoient bien compris ce que cette dame avoit dit. — Pas tout-à-fait, madame, répondit une d'elles. — Ecoutez, petite, dit cette dame au chevalier, vous pouvez parler toutes les langues, on vous répondra ; mais vous avez embarrassé Céleste, ainsi que nous, par deux mots qui nous sont inconnus. Que veut dire bonheur et plaisir ? tâchez de nous traduire cela. Rien de plus facile, répondit avec étonnement le chevalier : c'est un bonheur de vous voir et de vivre sous les lois de Céleste ; ce seroit un grand plaisir de vous plaire, comme une peine de vous quitter. — Une peine ! voilà encore un mot étranger ; mais nous le comprenons par l'explication des deux autres. — Elle a, reprit Céleste, un certain feu dans les yeux que je n'ai jamais apperçu à aucune de nous. Quel dommage que la nature lui ait donné des cheveux! on auroit pu en faire quelque chose. Je veux qu'on ait soin d'elle, et qu'on la loge le plus près possible de mon palais; qu'elle aille se reposer : vous me l'amenerez demain matin dans le pavillon des roses. Je suis curieuse d'apprendre d'où elle peut venir, comment elle a trouvé le moyen de surmonter nos immenses rochers : son air a quelque chose de fort singulier, et qui en tout me revient assez. Le chevalier fit une profonde révérence, et fut conduit dans un appartement très-commode attenant au palais : on lui donna six jeunes filles portant cheveux, qui avoient ordre de donner à l'étrangère tout ce qu'elle demanderoit. Le chevalier croyant presque rêver, pria ces filles de lui faire apporter son ballon, et sur-tout la caisse qui contenoit les choses dont il avoit besoin : on détacha aussitôt une douzaine de filles qui avoient les cheveux noirs et crêpés, et qui étoient pour les ouvrages où il falloit de la force. Il eut le soir même toutes ses affaires : on mit, par son ordre, le ballon sous une espèce de hangar, et l'on monta sa caisse dans son appartement. On lui apporta les plus beaux fruits de toutes espèces. — Est-ce la seule nourriture dont on fasse usage dans ce pays-ci? dit-il aux filles qui s'empressoient à le servir. — La seule! et que voudriez-vous donc manger? — J'ai habité un pays où l'on mange de la viande, du gibier, des oiseaux. — Ah! le vilain pays! cela n'est pas croyable. — Cela dépend de l'habitude. Est-on souvent malade dans cette île? — Jamais : on est toujours comme vous nous voyez. — Quoi! toujours jeune? — Sans doute. — Mais on y meurt comme par-tout apparemment. On prétend que nous nous renouvelons de mille en mille ans, après nous être évaporées en air. Le Phénix dépose un œuf d'où renaît notre souveraine; d'autres oiseaux rares donnent naissance aux dames de sa cour; et nous autres femmes destinées à leur obéir, nous sortons, dit-on, des œufs de certaines chenilles velues, d'où naissent ces grands vilains cheveux qui

indiquent la classe du peuple. — En vérité ,
mesdemoiselles, tout ce que je vois et ce que
j'entends dire, me paroît incroyable. Oserois-je
vous demander depuis quel temps à peu près
votre charmante souveraine est sortie de son
œuf de Phénix ? — Il est facile de vous satisfaire sur cela : nous comptons très-exactement,
et le temps nous paroît, ainsi qu'à nos grandes
dames, terriblement long. Céleste a , suivant
un calcul très-exact, six cents cinquante ans :
donc il lui en reste encore , d'après l'opinion
reçue, trois cents cinquante à soupirer après
sa métamorphose en air subtil. Pour nous autres gens du peuple , nous prenons un peu
mieux patience ; cela nous dédommage de
notre espèce de servitude , quand nous voyons
la cour de notre souveraine plus ennuyée que
nous. L'heure de se coucher étant arrivée, on
proposa au chevalier de l'aider à se déshabil-
ler ; mais il pria ces demoiselles de le laisser
seul , de peur d'accident. Malgré un lit com-
posé du meilleur duvet possible , le chevalier

dormit à peine deux heures : sa tête étoit tellement agitée, qu'à peine il en croyoit ses yeux et ses oreilles. Il se disoit en soupirant, pourquoi n'ai-je pas ici un témoin de tout ce qu'on y voit? Si je puis quelque jour retourner à Paris, malgré le doux penchant qu'on y a dans ce moment pour les prodiges et les découvertes intéressantes, je pourrois bien y trouver des incrédules, même dans nos académies. Ce mot académie lui rappelant les panégyriques, lui procura ces heures de sommeil dont il avoit un grand besoin. Il se leva avec le jour qui, dans cette île, est constamment beau ; les montagnes qui l'entouroient étoient d'une si prodigieuse hauteur, que jamais aucun nuage n'en passoit la cime, et les trois quarts de l'année en interceptoient la vue du côté de la mer.

Le chevalier ayant heureusement tout ce qui étoit nécessaire à sa toilette, commença par se raser le plus près possible ; cela étoit nécessaire dans un lieu où tout ce qui tenoit

des cheveux étoit dédaigné : à vingt-quatre
ans un homme a déja besoin de cette précau-
tion. Il s'ajusta de son mieux, afin de relever
une figure qui pouvoit, à la rigueur, se passer
des secours étrangers ; mais un peu d'art ne
gâte rien. Après son déjeûner, on vint l'avertir
que Céleste l'attendoit dans le pavillon des
roses, où il fut conduit par une dame du palais, qui, aussitôt qu'il fut entré, se retira d'un
air très-respectueux. Il voulut, en entrant,
suivre l'étiquette ordinaire ; mais Céleste lui
dit, avec un air de bonté, de s'asseoir sur un
tabouret vis-à-vis d'elle. Est-il possible, se
disoit-il tout bas, qu'une femme plus fraîche
que les roses dont elle est entourée, ait plus
de six cents ans? on ne lui en donneroit pas
dix-huit. — Vous m'avez inspiré, dit Céleste,
un sentiment de curiosité que je n'avois jamais
connu. Apprenez-moi, ma chère fille, quel est
votre pays, votre nom? — Madame, mon pays
est la France, un des meilleurs pays du monde,
à mon avis : on me nomme le chevalier de
l'Etoile ;

l'Etoile; et je ne suis, en vérité, ni fille, ni femme. — Que pouvez-vous donc être? — Je suis un homme. — Un homme! Etes-vous de notre espèce, quant à la raison? — Pas toujours, madame. — Un homme:.... Avez-vous des femmes dans votre pays? — Oui, madame; mais peu d'aussi belles que vous. — Sans doute qu'elles ne portent pas des cheveux comme vous? — Je vous demande pardon, madame, et c'est un de leurs plus beaux ornemens; si elles mettent des plumes sur leur tête, c'est seulement comme parure; mais leur parure change très-souvent, et il est rare des les voir huit jours de suite avec la même coiffure. — J'adopterois volontiers cet usage; car toujours la même chose, cela rend la vie bien longue. — Ah, madame! quel bonheur si les femmes de mon pays pouvoient trouver ce secret de perpétuer leur jeunesse et leur beauté! le plaisir passe si rapidement à leur gré.... — Plaisir, bonheur; ces deux mots, malgré la traduction que vous nous donnâtes hier, me sont restés

E

dans la tête ; j'y ai songé toute la nuit : expliquez-m'en le vrai sens un peu plus en détail. — Un savant de mon pays les a assez bien définis, en disant que le bonheur est cet état calme qui nous laisse dans une douce paix ; et le plaisir, ces situations vives et momentanées d'une ame exaltée.... — Ah! je choisirois le plaisir, dit Céleste avec une vivacité qui ne lui étoit pas ordinaire. Mais comment a-t-on du plaisir? — Quand on aime et qu'on est aimé. — Et comment aime-t-on? — Ah, madame! si le respect n'arrêtoit un sentiment! — Ne me parlez point de respect, j'en suis accablée..... Le chevalier pendant ce temps regardoit Céleste avec des yeux tellement électriques, qu'elle pouvoit à peine en soutenir l'éclat; il s'étoit saisi d'une de ses jolies mains : comme physicien, le chevalier connoissoit le pouvoir de l'électricité, jointe au magnétisme animal ; il s'étoit précipité aux genoux de Céleste, où il ne fut pas long-temps, parce que l'attitude étoit gênante ; les ques-

tions avoient disparu, quoique le dialogue fût
infiniment plus vif et plus intéressant.

Après une demi-heure d'une conversation
très-animée, Céleste élevant ses belles paupières bleues au ciel, les tourna vers le chevalier, en lui disant fort tendrement : Non, vous
n'êtes pas une créature humaine, comme vous
avez voulu nous le faire accroire : vous êtes
sûrement ce divin Phénix dont on parle si
souvent ; et je prétends que, malgré ces cheveux que vous avez adoptés, apparemment
pour quelque raison que nous ignorons, il vous
soit rendu, dans cette île, les hommages qui
vous sont dus. Le chevalier eut beau protester
qu'il n'étoit point un Phénix, Céleste fit le
même jour assembler son conseil emplumé.
Elle mit dans le discours qu'elle adressa à ses
dames, une vivacité et une éloquence dont
elles ne pouvoient revenir ; et cela contribua
à leur faire croire que le chevalier étoit véritablement le Phénix qui avoit pris une forme
humaine ; mais elles ne pouvoient concevoir

pourquoi il avoit préféré la chevelure du peuple au lieu de ces belles plumes. Céleste leur dit que c'étoit un mystère; et il fut décidé qu'on feroit élever un joli petit temple au nouveau Dieu, qui vouloit bien honorer l'île de sa présence. Depuis ce moment, le chevalier fut accablé d'adorations; ce qui l'ennuyoit mortellement. Céleste le trouvoit de jour en jour un peu moins Phénix. Le chevalier la trouvoit toujours belle; mais quand il se rappeloit qu'elle avoit six cent cinquante ans, cette idée lui faisoit craindre qu'il n'y eût là-dessous quelque enchantement. Il étoit excédé des attentions de Céleste, qui commençoit à se plaindre de ce qu'il paroissoit l'aimer beaucoup moins que les premiers jours. Quand le chevalier pouvoit s'échapper, ce qui lui arrivoit assez souvent, il alloit dans les différens cantons de cette île enchantée, admirer la variété des arbres et des fleurs, examiner les différentes manufactures de toiles, bien au dessus de celles des Indes, et qui servoient à vêtir toutes les femmes; le blanc étoit la couleur unique; et cela donnoit à ce pays l'aspect de ces champs élysées dont les poètes ont tracé l'image. Le chevalier croyoit quelquefois être dans le séjour des ombres, quoiqu'il eût très-réellement trouvé Céleste comme toutes les femmes, à l'exception des plumes. La dame d'honneur chargée de ramasser celles qui étoient si singulièrement frisées, en ayant beaucoup plus trouvé que de coutume, il se fit une très - grande promotion de l'ordre de la souveraine; ce qui diminua même un peu la considération, en multipliant la dignité.

Le chevalier, très-bon observateur, écrivoit chaque jour ce qu'il découvroit, relativement aux mœurs, aux lois, et aux productions de ce délicieux pays, qui cependant commençoit à l'être beaucoup moins à ses yeux. Céleste qui n'avoit jamais eu d'humeur, en avoit assez souvent depuis quelque temps : elle ne pressoit plus tant les ouvriers qui travailloient au petit temple du Phénix; le prétendu Phénix alloit

souvent visiter son cher ballon, qu'il n'auroit
pas donné pour tous les diamans de l'île : son
ancien goût pour les beaux cheveux, l'entraî-
noit par fois auprès de quelque jolie fille du
peuple, qu'il trouvoit céleste comme une
autre. Des dames chargées d'examiner la conduite du Phénix, firent à la souveraine les
rapports les plus étranges et souvent les plus
infidèles, ainsi que cela se pratique dans toutes
les cours. Céleste en fut outrée; la colère lui
fit perdre infiniment de ses charmes : ses belles
plumes bleues se hérissoient souvent ; et le
Phénix calmoit si rarement son humeur, qu'il
y avoit à craindre que la haîne ne prît la
place de l'adoration. Le chevalier, en réflé-
chissant à tout cela, étoit étonné de l'ennui
qu'il éprouvoit. Quoi! disoit-il en bâillant,
depuis cinq ou six ans que j'habite cette île,
cela me paroît un siècle : voyons un peu quel
jour j'y suis descendu. Il tire un almanach
où il en avoit marqué l'époque, et voit avec
le dernier étonnement qu'il y avoit à peine

un an de passé depuis son arrivée. Ç'en est trop, et je vois que mon rôle de Phénix pourroit fort bien me faire mourir d'ennui ; c'est à mon gré la plus cruelle manière de finir nos jours, il faut tout risquer pour éviter cette mort lente.

Le chevalier ayant arrangé la collection des choses rares qu'il avoit trouvées dans l'île, sans oublier de très-gros diamans dont on faisoit assez peu de cas, sous prétexte de donner à Céleste et aux dames de sa cour un spectacle inconnu pour elles, fit arranger son ballon. Toutes les grandes dames, ainsi que le peuple, s'étant assemblés le jour indiqué, le chevalier se plaça dans sa petite gondole ; et adressant la parole à Céleste, il lui dit d'un air très-respectueux : Je n'oublierai jamais, madame, vos bontés ni vos plumes : vous avez daigné me croire un Phénix, malgré mes protestations que je n'étois qu'un homme. Je vois depuis long-temps, madame, que ma prétendue divinité a infiniment perdu à vos yeux ;

ce n'est pas absolument ma faute si vous vous
êtes fait illusion, et j'avois eu l'honneur de
dire à votre majesté, que quand le plaisir du-
roit un certain temps, il perdoit son prix ;
j'espère, pour reconnoître vos bienfaits, trouver le moyen de vous envoyer dans peu un
certain nombre de Phénix, qui sûrement s'em-
presseront à plaire à votre beauté, à celles de
toutes vos dames emplumées, et qui, sans dédaigner les beaux cheveux de votre peuple,
rendront votre île le plus agréable séjour de
l'univers, comme vous êtes la plus rare des
souveraines. Le chevalier ayant ordonné de
couper les cordes qui retenoient le ballon, il
s'éleva majestueusement aux yeux de l'assem-
blée qui battoit des mains, en le suppliant de
ne pas oublier sa promesse. En moins d'un
quart-d'heure le ballon s'élança au dessus des
plus hautes montagnes, et le vent étant favorable, le chevalier se trouva au dessus de l'île
de Bourbon, où il descendit le plus heureusement du monde. Il est actuellement à Paris,

où il s'occupe de donner plus en détail les circonstances de son séjour dans l'île des Plumes, et met en ordre les curiosités naturelles qu'il en a rapportées. Il a entr'autres, dans une assez grande bouteille, la sève d'un arbre qui a le mérite de conserver, chez les femmes, la jeunesse et la fraîcheur pendant un siècle au moins, et il m'a assuré qu'il avoit des choses infiniment plus rares. Le chevalier de l'Etoile est l'homme de la meilleure foi possible, d'ailleurs infiniment instruit ; je ne vois pas qu'on puisse douter de ce qu'il a vu (*).

_____

(*) La Société des Illuminés fait, dans ce moment, armer une frégate, et propose une souscription pour envoyer une colonie de jeunes militaires à l'île des Plumes. On doit tout attendre d'une Société si éclairée.

LES DEUX
CAMARADES DE COLLÈGE.

CONTE.

Il y avoit une fois deux jeunes gens, qui, étudiant au collège dans les mêmes classes, s'étoient liés d'une sorte d'amitié, ayant cependant des goûts et des projets très-différens. L'un se nommoit Vermeil, et l'autre Médio. Vermeil étoit de la plus petite taille possible, à moins d'être un nain, et Médio d'une grandeur médiocre : il ne pouvoit s'empêcher de critiquer les hauts talons de son ami Vermeil, qui faisoit de son mieux pour se grandir ; et Vermeil reprochoit à son camarade ses souliers sans élévation. Après avoir fini leurs études, les deux camarades se séparèrent, et s'oublièrent même, ayant pris des routes différentes. La fortune qui ne regarde pas la taille, prit

Vermeil sous sa protection, et lui donna tant d'or, tant d'or, qu'il ne savoit qu'en faire. Médio n'ayant pas voulu se prêter aux caprices de là divinité, n'en fut cependant pas mal traité; car il avoit trouvé le moyen d'avoir une femme aimable et sensée, un appartement commode et bien chaud l'hiver, une petite maison de campagne, une fort bonne cuisinière bourgeoise, et quelques amis à qui la fortune n'avoit pas fait perdre la tête.

Vermeil, au contraire, au désespoir de sa petite taille, crut que cent mille écus de rente pouvoient l'augmenter; il imagina pour cela d'épouser une fille de six pieds de haut, et de faire bâtir un palais dont les appartemens avoient vingt pieds d'élévation. Sa femme le regardoit du haut en bas, et sa maison le faisoit paroître comme ces magots chinois placés sur une grande cheminée; cela le faisoit souvent frapper du pied sur ses beaux tapis de la Savonnerie, en recevant cependant de son mieux les amis de madame qui n'étoient ja-

mais les siens, mais qui, pour le dédommager,
lui permettoient une sorte de familiarité qui
flattoit infiniment sa vanité, et sembloit ex-
hausser sa petite taille. Madame Vermeil étant
une femme à grands sentimens, avoit toujours un ami intime qui donnoit le ton dans
sa maison, et jugeoit en dernier ressort de la
bonté du cuisinier et de la qualité des vins;
s'ils n'étoient pas jugés de la première espèce,
on menaçoit le petit Vermeil d'un abandon
général de la part de la bonne compagnie,
et madame le rendoit malheureux comme un
pauvre chien, en lui rappelant l'honneur qu'elle
lui avoit fait d'avoir consenti à mêler son par-
chemin avec un homme qui devoit se trouver
honoré d'être le caissier de ses fantaisies.
Vermeil sentoit tout le poids de ces raisons,
et s'y conformoit, non sans murmurer, mais
seulement à quart de voix, ne voulant pas
paroître ignorer l'usage du monde.

Vermeil ayant été un peu plus mal traité
que de coutume, parce qu'il avoit refusé d'a-

cheter une petite terre d'un million, dont la position plaisoit à madame, se promenoit assez tristement au Cours-la-Reine; il s'y rencontra nez à nez avec son ancien camarade Médio. Eh! bon jour, mon cher Médio; comment va ta santé? Que je suis aise de te rencontrer! Qu'es-tu donc devenu depuis douze ans que je ne t'ai vu? Comment vont tes affaires? que fais-tu? quelle est ta position, ta fortune? conte-moi tout cela. — Mes affaires sont en bon ordre; ma fortune est très-honnête suivant mes desirs; je demeure à Paris l'hiver, et l'été à Passy: ma santé est belle et bonne; je passe mon temps avec mes amis et mes égaux, autant qu'il m'est possible. — Fort bien, j'en suis ravi; mais d'où vient que tu ne me fais pas le plaisir de venir dîner avec moi? je te menerois à ma terre, tu verrois comme je suis logé à la ville et à la campagne; j'ose dire que tu trouverois chez moi la meilleure compagnie, et les gens de la plus grande considération. — Mon ami, je te remercie de tout mon cœur des offres que tu me fais, mais je craindrois que ton extrême opulence n'altérât l'opinion que j'ai de la mienne; et qu'en fréquentant tes palais, ma jolie petite maison ne me parût qu'une chaumière. Quant à ta grande et bonne compagnie, je la respecte infiniment; mais ce n'est pas là un habit à ma taille. J'ai lu quelque part que ce sont les mœurs qui font la bonne compagnie; je m'en tiens là, et te prie de m'excuser si je ne profite pas de l'avantage que ton ancienne amitié veut bien me proposer. Vermeil un peu surpris quitta froidement Médio, en disant à part lui : Mon ancien camarade est un homme demeuré , je l'avois toujours prévu. Médio disoit de son côté : Vermeil m'a encore paru plus petit qu'il n'étoit, malgré sa grande femme et ses grands palais.

———

RÉFLEXIONS MORALES

DE M. POUF,

MARCHAND DES SIX CORPS.

———

IL faut avoir l'œil à ses affaires; mais on ne peut pas toujours être dans son magasin, surtout quand on vous chiffonne la tête : ce n'est pas que j'aye à me plaindre de madame Pouf jusqu'à certain point, et si elle n'avoit pas le diable au corps pour suivre les modes; mais tantôt c'est un chapeau avec des rubans à la harpie, puis des bonnets à la figaro, des robes à l'angloise, à la lévite, à la chemise; et si je dis un mot, c'est de l'humeur; il faut caler doux. Mon fils aîné, qui est grand et bien bâti, me rompt la tête pour que je quitte le commerce et que je me fasse gentilhomme; il dit (et sa mère le croit) qu'il pourroit bien un jour être colonel comme un autre, et que mon fils l'abbé seroit sûrement évêque *in partibus*. Sans toutes ces tracasseries, je serois l'homme du monde le plus heureux. Quand cela devient trop fort, je prends ma perruque et mon parapluie, et je vais passer une heure aux Tuileries avec mes amis : nous avons adopté un certain arbre autour duquel nous sommes toujours sûrs de nous rencontrer, et j'ose dire qu'on apprend là les meilleures nouvelles du monde, parce que nous avons deux de nos messieurs qui ont l'oreille des ministres, et qui sont, comme on dit, dans la bouteille à l'encre. Hier, lundi au soir, après les complimens d'usage et s'être offert mutuellement du tabac, ainsi que cela se pratique entre honnêtes gens, nous nous assîmes autour de notre maronnier ; et les mains appuyées sur nos cannes, un de nos amis, qui est dans le secret de la cour, nous lut des nouvelles arrivant du Japon, de la Chine, et autres pays des Antipodes. C'étoit l'histoire véritable d'un grand seigneur japonnois, qui,

pour

pour avoir voulu se faire vice-roi d'une île déserte, avoit été brûlé vif. L'autre, celle d'un Mandarin qui, ayant sourdement le projet de se rendre indépendant dans une grande province, crac, le voilà pendu. Dans une autre lettre, c'étoit le grand Lama, qui, voulant prouver à son peuple qu'il étoit véritablement dieu, en s'élevant dans un ballon, (qu'il avoit eu je ne sai comment) est tombé du ciel sur les degrés de son palais, et s'est cassé bras et jambes; ce qui lui a fait beaucoup de tort dans l'esprit de la multitude. Après cela, notre société a parlé de nos gros richars, qui s'apparentent avec les grands seigneurs, pour avoir le plaisir de dire : nous avions tel jour à souper les ducs et les marquis tels et tels, et rien de plus, parce que c'étoit un souper de famille. Comme j'aime beaucoup à réfléchir, sur-tout le soir, cela me fit faire d'assez belles réflexions ; car j'ai été marguillier de ma paroisse. En revenant chez moi, la tête remplie de tout ce que je venois

F

d'entendre, j'apperçois au coin de la rue de l'Echelle une femme de notre marché des Quinze-Vingts, chargée d'une hotte pleine de choux et de navets, et qui grondoit une fille de dix à douze, laquelle fille, plus rouge qu'un coq et toute en sueur, se reposoit sur une borne. — Ne te l'avois-je pas bien dit, chienne d'entêtée, que tu voulois péter plus haut que le cul? crioit la mère : voyez comme la voilà rouge, disoit-elle, en essuyant le front de sa fille avec son tablier. Moi qui aime la paix, et qui suis connu dans le quartier, je pris aussitôt la parole. Ecoutez, la mère Bobé, il n'y a pas là de quoi vous tant fâcher ; cela prouve que votre petite Javotte aimera le travail. — Pardi ! mon cher monsieur Pouf, j'savons ben qu'faut travailler, mais n'faut pas vouloir l'impossible ; ç'a s'roit un bon en- fant, si ça n'avoit pas l'ambition d'porter la hotte.

Nouvelles réflexions de ma part, qui pour- ront bien me faire rester dans mon commerce.

Au bout du compte, je suis le maître, à moins que ma femme et mes enfans n'aient de meilleures raisons que les miennes.

LE COMTE DE FRANCHEVILLE.

———

LA maison de Francheville est une des plus anciennes races de nos plus belles provinces. Il ne restoit de cette famille que le marquis de Francheville, à qui, comme unique héritier du nom et des armes, on fit quitter le service, de peur qu'un coup de canon ne fît passer la superbe terre et l'antique château de Francheville à des collatéraux bien éloignés. On maria bien vîte le marquis à une fille de qualité, dont il eut un fils qui, en naissant, causa la mort de sa mère. Le marquis la regretta, parce qu'elle méritoit de l'être ; mais son goût ou plutôt sa passion pour la chasse, éteignit bientôt tout autre sentiment. Il eut beaucoup plus de chiens et de chevaux qu'il n'en pouvoit entretenir ; et le bon gentilhomme passoit, avec ses voisins, tout son temps dans les bois ou à table. Son curé et son bailli, qui

étoient les meilleurs gens du monde , lui re-
présentoient souvent que, malgré le gros revenu de sa terre, il pourroit bien finir par se
ruiner. — Monsieur le marquis, vous connoissez notre attachement : votre château tombe
en ruine ; il n'y a ni portes, ni fenêtres qui
ferment. Monsieur le comte, votre fils unique,
est le plus joli enfant du monde ; le voilà qui
va tout-à-l'heure avoir huit ans. Le marquis
écoutoit ces remontrances ; et en promettant
de mettre ordre à ses affaires, il projetoit
d'avoir quelques chiens de plus et des chevaux
anglois. Après tout, disoit-il, ma terre est
substituée à mon fils : avec son nom, on est
sûr de faire un grand mariage ; il faut bien
qu'un père, homme de qualité, jouisse suivant ses goûts ; les miens, au bout du compte,
n'ont rien de bas.

Le marquis, pour éviter tout embarras,
avoit affermé la terre à un certain monsieur
Lingot, qui habitoit Paris ; et connoissant
très-bien la valeur des choses, il faisoit en

F iij

différens genres beaucoup mieux ses affaires
que celles du marquis, qui répétoit souvent
des coupes de bois pour appaiser ses créanciers, et c'étoit toujours monsieur Lingot qui
les achetoit. Le bon curé s'étoit chargé de la
première éducation du jeune comte de Francheville, et l'avoit à peu près mis à portée
d'entrer au collège. Le marquis s'en mettoit
peu en peine, bien persuadé qu'un homme
de son nom n'en seroit pas moins considéré
ne sachant rien ; mais heureusement que le
jeune comte promettoit d'ajouter à ses titres
celui d'homme de mérite , comme il s'en
trouve beaucoup de sa classe parmi nos gens
de qualité , qui ne se contentent plus aujour-
d'hui de n'être que de braves paladins. Le
curé ayant déterminé le marquis à envoyer son
fils à Paris, il fut confié à un ancien serviteur
de la maison, nommé La Roche, très-digne
en tout de cette confiance. Le curé et le bailli
ayant présidé au petit trousseau du jeune
comte ; après avoir prévenu le principal du

collège où il devoit entrer , le conduisirent
eux-mêmes au carrosse de voiture ; et après
lui avoir recommandé d'être toujours bien
sage , ils le quittèrent en l'embrassant et versant des larmes. Le bon La Roche se plaça à
côté de son jeune maître , qu'il aimoit comme
son fils ; et quatre jours après , le jeune comte
fut installé avec les autres écoliers au collège
du Plessis. Les régens ayant reconnu les plus
grandes dispositions à notre jeune homme ,
s'attachèrent à lui ; et à seize ans , il avoit parfaitement bien fait toutes ses études. Il fut du
collège à l'académie , où il fit également bien.
Quand le curé parloit de ses succès au marquis , celui-ci disoit d'un air content : Cela
ne m'étonne pas ; mon fils sera tout ce qu'il
voudra ; il est de bonne race. On avoit recommandé à La Roche de mener de temps
en temps le jeune comte chez M. Lingot ,
chargé de payer les frais de son éducation.
Mais monsieur Lingot avoit quitté Paris pour
s'établir auprès d'une manufacture , dont il

avoit obtenu le privilège ; et La Roche qui n'aimoit point du tout M. Lingot, n'étoit pas fâché de son absence : ce dernier avoit donné des ordres à son correspondant, pour payer ce qu'il falloit pour la pension et les maîtres du jeune comte. Il est, je crois, à propos de dire quelle étoit la famille de ce M. Lingot. Il s'étoit appliqué de bonne heure à bien écrire, et sur-tout à bien calculer, ce qui lui fit obtenir une place de six cents francs ; il se maria alors avec une fille de sa classe, bonne ménagère, dont il eut une fille, qui étoit au couvent dans le moment où nous parlons, avec deux gouvernantes. M. Lingot avoit si bien conduit ses affaires, que d'intérêt en intérêt dans différentes entreprises, qui toutes avoient bien tourné, il étoit parvenu à avoir une très-grosse fortune qui augmentoit de jour en jour. Quand les premiers pas sont faits, cela va bien vîte, pour un riche capitaliste qui n'est occupé que d'accumuler, en calculant l'intérêt des intérêts. Madame

Lingot avoit toutes les peines du monde à s'accoutumer au rôle que son mari vouloit qu'elle jouât ; ce qui fâchoit beaucoup ce dernier, qui étoit un avare fastueux. Il avoit beau lui donner de gros diamans, de belles robes, de beaux chevaux ; madame (bonne femme du reste) avoit toujours conservé un petit propos bourgeois, qui dégradoit la nouvelle dignité de son mari, ce qui la faisoit nommer un souffre-richesse. Mais ce qui étoit vraiment digne d'admiration, c'étoit leur fille Rosalie ; la fortune faisoit en vain de son mieux pour la gâter, et la figure la plus accomplie étoit le plus petit mérite de cette jeune héritière. Esprit juste, cœur sensible, talens de toute espèce : elle suivoit les modes sans en faire cas, et à quinze ans avoit apprécié le danger des liaisons, et celui d'être née riche et fille unique. Elle avoit eu le bonheur d'avoir pour gouvernante une femme instruite, qui, ayant éprouvé les malheurs de l'infortune, connoissoit tout le prix de la vertu, et en avoit établi tous les principes dans l'ame de Rosalie, qu'elle chérissoit avec la tendresse d'une mère. M. Lingot avoit promis de faire un jour deux cents livres de rente à cette bonne; mais Rosalie calculoit autrement, relativement à celle qu'elle nommoit sa véritable amie.

Le jeune comte de Francheville ayant profité du temps de ses exercices en tout genre, s'étoit lié d'amitié avec un camarade, petit-fils d'un officier général qui avoit connu autrefois le grand-père du comte. On proposa à ce dernier de passer en Amérique, avec le grade de sous-lieutenant; il en écrivit au marquis son père, qui trouva cela bien médiocre pour un homme de son nom; mais son fils desirant de servir, il consentit à le laisser partir, bien persuadé qu'il seroit colonel dès la première campagne. Comme il n'y avoit pas de temps à perdre, le vaisseau étant en rade à Brest, le jeune comte n'eut que celui d'arranger ses petites affaires, et partit pour

Brest après avoir écrit à son père à quel point il étoit fâché de ne pouvoir pas aller l'embrasser, et lui demander la continuation de ses bontés paternelles ; il écrivit aussi au bon curé une lettre remplie d'amitié et de reconnoissance, et n'oublia pas l'honnête bailli. La Roche accompagna son pupille ; mais son âge ne lui permettant pas d'entreprendre un si long voyage, il fallut bien se séparer : le bon La Roche, les yeux remplis de larmes, suivit le vaisseau tant qu'il put le voir, et resta sur le port une demi-heure dans la même attitude : cette séparation le pénétroit de douleur ; et sa seule consolation, quand il fut revenu au château de Francheville, étoit de parler de son jeune maître, de ses talens, de sa raison. Il assuroit chaque jour M. le marquis que son fils seroit au moins maréchal de France : le marquis le croyoit aisément ; et dans son retour de chasse avec ses voisins, on parloit souvent du chemin qu'alloit faire le jeune comte : le dessert ar-

rivoit rarement sans qu'il eût gagné une ba-
taille ou pris une ville, en le faisant passer
rapidement de la sous-lieutenance au commandement. La Roche, qui souvent faisoit
l'office du maître-d'hôtel, trouvoit cela tout
simple, en racontant les progrès de son jeune
maître dans tout ce qu'il avoit voulu faire
pendant leur séjour à Paris. Les premiers jours
de la navigation du jeune comte furent assez
heureux; mais qui peut se fier à la mer? Une
tempête, assez rare dans cette traversée, après
avoir battu le vaisseau pendant un jour et
une nuit, le fit toucher sur un rocher à fleur-
d'eau. Nous sommes perdus! s'écrie l'équipage. Bientôt la chaloupe est remplie. Le
capitaine ne voulant quitter son bord que le
dernier, avoit en vain voulu faire passer le
comte de Francheville dans la chaloupe : celui-ci dit affirmativement qu'il vouloit suivre
le sort de son capitaine; mais dans l'instant
le vaisseau s'étant enfoncé, on n'en vit plus
que les débris. La mer fut dans le moment

couverte de malheureux qui luttoient contre la mort : le capitaine en fut une des premières victimes ; et le jeune comte de Francheville ayant par hasard rencontré une partie du mât qui surnageoit, s'en saisit et fut pendant plus d'une heure entre la vie et la mort : heureusement que le temps étant devenu plus calme, des bateaux de pêcheurs vinrent à son secours ; et après l'avoir fait revenir de leur mieux, le déposèrent dans une de leurs cabanes. Quand il fut à peu près rétabli de ses fatigues, il leur demanda dans quel parage il étoit. — Vous êtes dans un port appartenant à l'Espagne ; et comme officier françois, il ne tiendra qu'à vous de trouver ici du service, car notre gouverneur doit faire ces jours-ci une expédition où il fera chaud. Le chevalier pria un des pêcheurs de le conduire au commandant, après avoir récompensé, suivant ses petits moyens, ceux qui l'avoient accueilli. Il se présenta au gouverneur sous le nom du chevalier des Francs, s'étant rappelé qu'un de ses ancêtres de ce nom s'étoit autrefois distingué chez les Espagnols. Le nouveau chevalier des Francs fut reçu à bras ouverts : sa figure étoit de celles qui préviennent par-tout ; et ayant rappelé au gouverneur qu'un des siens avoit un nom connu en Espagne , il fut aussitôt destiné à commander une compagnie. Le comte ayant passé huit jours avec le gouverneur, qui heureusement parloit un peu françois , captiva tellement son amitié , qu'il ne faisoit rien sans consulter notre jeune officier, qui avoit deux nègres à ses ordres. Le chevalier en allant de la part du commandant examiner les prépatifs pour l'expédition , s'apperçut qu'un grand nègre, jeune et bien fait, le suivoit sans cesse, et le regardoit avec une sorte d'intérêt , et cette envie d'être utile dans les ordres qu'il donnoit. — A qui êtes-vous? lui dit le chevalier. — Moi suis à un riche habitant, et moi voudrois à vous être. — Est-ce que votre maître ne vous traite pas bien? — Moi bien nourri, mais moi vous aime mieux : vous m'acheter, vous en prie. — Mais, mon ami, votre maître ne voudra peut-être pas vous vendre? — Moi vendra cher; maître est riche, vous pas peut-être : moi amassé argent; prenez argent pour acheter moi. Le jeune nègre en disant cela, tire une bourse de cuir remplie de piastres. Le chevalier des Francs, touché de ce singulier desir, s'informa de la demeure du marchand; mais ce ne fut qu'à force de prières et d'argent, et sur-tout appuyé de la protection du gouverneur, qu'il trouva le moyen d'avoir son nègre, qui depuis le servit avec un zèle et une fidélité rares. Quand on demandoit à Azor (c'étoit le nom du nègre) ce qui l'avoit porté à ce desir de s'attacher au chevalier, il répondoit : moi aime France, moi ai vu que chevalier étoit bon, et moi juré toute ma vie à lui.

L'expédition contre les ennemis, moitié blancs, moitié noirs, eut tout le succès possible; et le commandant fut assez généreux pour en donner la gloire à l'activité et aux

dispositions du chevalier, qui avoit su communiquer à des soldats naturellement braves,
mais un peu indolens, ce feu françois si nécessaires en certains momens décififs. Il fut
chargé d'un petit commandement en chef
plus avant dans les terres, dont il se tira avec
le même applaudissement. Le chevalier écrivit aussitôt à son père le détail de son naufrage et le bonheur qui l'avoit suivi ; mais sa
lettre fut perdue avec bien d'autres, le courier qui la portoit ayant été arrêté par un
parti d'ennemis. Après avoir rempli ses devoirs vis-à-vis du gouverneur, il le pria de lui
faciliter les moyens de se rendre aux îles
françoises ; mais ce dernier sentant de quelle
utilité lui étoit ce jeune officier, le pria de si
bonne grace d'attendre encore quelque temps,
que le chevalier, qui en étoit bien traité,
ne put lui refuser ses services. Azor n'avoit
pas perdu un instant son maître de vue pendant tous les différens combats ; et plus d'une
fois, il s'étoit offert aux coups que l'ennemi
vouloit

vouloit porter au chevalier. Ce fidèle nègre avoit une force et un courage dont rien n'approchoit : dès qu'il croyoit voir son maître en danger, les plus cruelles blessures ne lui arrachoient pas un soupir. Le chevalier, de son côté, avoit pour Azor une véritable estime, et le traitoit plus en ami qu'en esclave ; mais Azor, loin d'en abuser, remplissoit tous ses devoirs avec la plus touchante attention.

Le gouverneur (dont je tairai le nom, ainsi que celui du lieu où il commandoit, pour des raisons qu'il m'est défendu de dire) reçut un ordre de sa cour pour une nouvelle entreprise, beaucoup plus éloignée que les deux autres. Il s'agissoit d'intercepter un convoi de deux vaisseaux ennemis, et ensuite d'aller attaquer une de leurs possessions. Malgré le desir qu'avoit le chevalier de se rendre à sa première destination, on conçoit bien que ce n'étoit pas le moment de l'exiger, d'après les principes d'honneur d'un chevalier françois. Je ne ferai point ici le détail de cette campagne,

G

qui acheva de le couvrir de gloire : on le donnera dans un ouvrage particulier, dont on s'occupe dans ce moment-ci. Cette expédition, qui a duré près de deux ans, sans qu'il fût possible au chevalier de donner de ses nouvelles à ses parens et à ses amis, fut la cause de ce que je vais raconter.

La perte du vaisseau que montoit le jeune Francheville et presque celle de tout l'équipage, fut bientôt répandue par ceux qui avoient eu le bonheur de se sauver dans la chaloupe ; elle fut rencontrée par un vaisseau Espagnol, qui prit sur son bord une trentaine de personnes qu'elle contenoit, et qui firent, en arrivant au premier port, un procès-verbal, dans lequel toutes les personnes connues qui avoient péri étoient nommées. Le jeune comte de Francheville y étoit désigné, ainsi que le capitaine qu'il n'avoit pas voulu quitter : on les avoit vus l'un et l'autre disparoître, et personne ne doutoit de leur mort. Cette fâcheuse nouvelle parvint bientôt

au marquis de Francheville; il en fut affecté
autant qu'il étoit susceptible de l'être ; il aimoit son fils et encore plus son nom : la chasse
et la table l'avoient tellement veilli, qu'il
n'étoit plus guère en état de songer à se donner d'autres successeurs. Mais on auroit peine
à rendre la douleur du curé et du bailli, et
sur-tout du bon La Roche ; ils ne se rencontroient jamais sans verser des larmes, et
ils se rencontroient souvent. Les voisins du
marquis vinrent le consoler, non sans chasser
et sans boire ; les regrets devenoient plus élo-
quens à la fin du repas, où chacun disoit ce
qu'auroit fait un jour le jeune comte. — Je
suis bien convaincu, disoit le marquis en pleurant, que mon fils auroit été un la Fayette,
un Suffren, un Washington ; mais le sort ne
l'a pas voulu : voilà notre maison éteinte ;
depuis plus de six cents ans que nous servons
le roi, comme il est aisé de le voir par nos
titres et nos portraits de famille. Pour moi,
répondoit un des chasseurs, je n'ai pas voulu

que mon aîné servît en temps de guerre, passe pour ses cadets ; je crois qu'ils feront parler d'eux. Pour lui, je compte le marier dès que j'aurai acquitté les dettes d'honneur qu'il a faites au jeu ; il faut bien que jeunesse se passe : avec son nom, je ne suis pas en peine de lui trouver une femme riche et de qualité, car je veux que ses enfans soient cha-pitrables, comme nous l'avons toujours été depuis Hugues Capet. Le vin de Champagne ayant joué son jeu, on apportoit les liqueurs des îles, les plus fortes. — Ma foi, mon cher marquis, disoient les convives en balbutiant, vous avez fait une grande perte, mais enfin il faut mourir. Si j'étois à votre place, n'ayant point d'enfans, je jouirois de la vie, et j'au-rois un équipage dont il seroit parlé ; après nous le déluge, et fera les vignes qui pourra. J'y réfléchirai, dit le marquis : aussi-bien le chagrin seroit très-capable d'abréger mes jours ; les maux sans remèdes ont besoin de dissipation. Allons nous coucher ; demain matin nous parlerons de tout cela au rendez-vous : mon valet de limiers m'a promis que nous ne ferions pas buisson creux.

Le marquis ayant très - exactement suivi les conseils de ses voisins , eut tant de chiens et de chevaux, qu'au bout d'un an ses affaires, qui étoient déja fort dérangées, se trouvèrent sans ressource. M. Lingot venoit de lui envoyer un compte, par lequel il lui démontroit qu'il étoit en avance de plus de deux cent mille francs, et lui marquoit que la substitution de Francheville étant tombée par la mort de son fils, il ne voyoit d'autre moyen de faire face à ses affaires qu'en vendant sa terre. Cela fit frémir le marquis : autant valoit mourir que de renoncer à la chasse. Il écrivit douloureusement à M. Lingot , que c'étoit lui donner un coup de poignard que de lui retrancher le seul plaisir qu'il eût au monde. M. Lingot , compatissant comme il l'étoit, lui récrivit qu'il avoit été touché de ses craintes ; et qu'ayant bien réfléchi pour lui sauver

G iij

une peine qui pourroit altérer sa santé et son unique plaisir, il lui proposoit (le tout pour l'obliger) d'acheter sa terre un million, et de lui en laisser la jouissance, en défalquant, comme de raison, ce qui étoit dû à lui M. Lingot, qui se chargeroit aussi de payer les autres créanciers. Cet arrangement parut sublime au marquis ; il en marqua toute sa reconnoissance à M. Lingot : le marché fut bientôt conclu. Et notre marquis se trouvant avec plus d'argent qu'il n'en avoit jamais vu, mit tellement les morceaux en double, qu'après l'année révolue il laissa, grace à la chasse et à la table, M. Lingot seul possesseur du château et de la terre de Francheville.

Dès qu'il eut pris possession, ce qui fit soupirer amèrement le curé et le bailli, il fit mettre deux cents ouvriers; et l'architecte qui examina le château, dont les murs avoient cinq à six pieds d'épaisseur, prouva clairement à M. Lingot, que les fondemens n'en valant rien, il falloit l'abattre en entier ; et

au lieu de laisser la basse-cour et les écuries
à droite, les reporter à gauche : tout cela
fut approuvé. On fit d'un superbe verger un
jardin à l'angloise, où l'on eut grand soin de
faire transporter à grands frais cinq ou six
morceaux de roche, surmontés d'un kiosque
à la turque et d'un pavillon chinois : tout
cela fut achevé en dix-huit mois. M. Lingot
meubla le château de la manière la plus à
la mode, étoffes brodées aux Indes, porce-
laines, boiseries peintes et dorées, cabinets
en arabesques; rien n'y manqua, et tout fut
payé. La bonne madame Lingot croyoit rêver, et représentoit en vain à son mari que
tout cela étoit bien cher; il lui répondoit en
levant les épaules, aurez-vous donc toujours
des vues bourgeoises ? M. Lingot faisoit de
son mieux pour se concilier ses voisins; il
donnoit de grands repas; il prêtoit de l'argent qu'on ne lui rendoit point : malgré tout
cela, ces messieurs croyant lui faire trop
d'honneur, trouvoient fort mauvais qu'on ne

fût chez lui qu'une heure ou deux à table,
et venoient chasser jusques sous ses fenêtres.
M. Lingot filoit doux, en attendant qu'il eût
marié sa fille à un homme de la cour, afin
de s'étayer dans le monde. Il ne se faisoit plus
nommer que M. de Francheville, et avoit mis
en ordre tous les titres de cette maison qu'il
croyoit éteinte, afin de s'en servir un jour à
venir : n'osant cependant pas prendre exactement la livrée de Francheville, il avoit trouvé
le moyen de s'arranger de manière que celle
qu'il avoit prise s'en rapprochât. La charge
qu'il venoit d'acquérir lui donnant le droit d'a-
voir un écusson, il prit tout simplement celui
de Francheville, à très-peu de chose près. Il
avoit, outre cela, un hôtel à Paris de la plus
grande beauté ; et la fortune, qui est (sur-
tout dans la capitale) un grand moyen pour
avoir de la considération, le mettoit à portée
de voir ce qu'il y avoit de plus grand à la cour
et à la ville. La belle Rosalie, qui venoit de
sortir du couvent, fut demandée par tous les

seigneurs ruinés; et M. Lingot qui se piquoit
de beaucoup d'élévation, la destina au mieux
apparenté. Elle gémissoit tout bas, en songeant que, victime de la vanité, son cœur et
sa façon de penser ne seroient nullement con-
sultés pour un établissement destiné, suivant ses principes, à faire le bonheur ou le
malheur de notre vie : elle osoit seulement
en parler à sa mère, qui lui répondoit toujours : Vraiment, mon enfant, tu penses fort
juste, je suis de ton avis ; mais ton père en
sait plus que nous; il connoît le trantran du
monde : après tout, que ton mari soit comte
ou duc, il t'aimera, j'en suis sûre. Hé ! qui ne
t'aimeroit pas ? pardi ! il faudroit être pis
qu'un Turc. Mais c'étoit sur-tout dans le sein
de la bonne madame Firmin, que Rosalie
s'épanchoit, en lui montrant ses craintes sur
l'avenir : cette première la rassuroit, en lui
répétant qu'un des premiers devoirs des enfans est de se conformer aux vues de leurs
parens. — Avec vos principes et votre bon

esprit, ma chère Rosalie, vous serez sûre partout d'une estime fondée : vous trouverez encore dans le grand monde, de ces vertus que vous chérissez avec raison : vous augmenterez le nombre de ces femmes respectables, dont l'ame a toujours su résister aux faux attraits du vice ; et l'amour de vos devoirs vous rendra bientôt leur égale, en vous méritant leur estime et leur amitié. Si le tourbillon de la mode et de ce qu'on nomme le bon ton, entraîne votre mari, croyez que vos vertus vous le rameneront : on revient tôt ou tard à ce qu'on estime. Rosalie, malgré la sagesse de ces raisons, n'étoit pas absolument convaincue ; mais ses principes la guidoient toujours, et ne lui permettoient pas de s'opposer à la volonté de son père.

Il y a long-temps qu'il est prouvé qu'avec une immense fortune et les plus belles possessions, on s'ennuie souvent ; monsieur Lingot l'éprouva. N'ayant plus d'ouvriers à Paris ni à sa terre, il proposa à sa femme et à Rosalie d'aller voir nos provinces méridionales , et delà visiter nos ports de mer. Madame Lingot, qui étoit toujours de l'avis de son mari , dit qu'elle ne demandoit pas mieux ; et Rosalie fut fort aise de faire, pendant quelque temps, diversion aux grands soupers que son père se croyoit dans l'obligation de donner aux gens de la cour et de la ville. On prépara des voitures de toutes espèces : M. Lingot obtint un ordre qui fut envoyé à tous les maîtres de poste. Le beau climat de nos provinces méridionales , rendit un peu de gaieté à monsieur Lingot ; par-tout il fut reçu comme un grand seigneur, ce qui fut très-bon pour sa santé ; il visita nos ports, et prit à Toulon la meilleure auberge , comptant y passer un mois ou six semaines : lui et sa suite auroient suffi pour occuper l'auberge , mais l'hôte le pria de trouver bon qu'un jeune officier, qui occupoit depuis trois jours deux petites chambres, n'ayant qu'un seul nègre pour domestique , restât dans la maison. — Ils ne vous importuneront pas, je vous assure ; le maître et le valet me paroissent les gens les plus honnêtes : ce jeune officier a vraiment fait parler de lui chez les Espagnols : quoiqu'il soit François, je ne sais par quelle aventure il s'est trouvé au service d'Espagne. Le capitaine espagnol qui l'a débarqué a dit à nos messieurs de la marine, que le roi son maître avoit écrit à la cour de France pour recommander ce jeune officier, qui du reste est peu connu quant à son nom de chevalier des Francs. — C'est sans doute, reprit M. Lingot, un officier de fortune ; mais dès qu'il a du mérite, je le verrai avec plaisir : on pourra même l'obliger, s'il est vrai qu'il se soit bien conduit. Allez lui dire, s'il est ici, que M. de Francheville le prie à souper ; il pourra nous conduire dans le dessein que nous avons de visiter tout ce qui est relatif à la marine. C'étoit effectivement le chevalier des Francs, qui, ayant trouvé une occasion de revenir en France, inquiet de ne pas recevoir des nouvelles du marquis, étoit débarqué à Toulon. Quand il rentra à l'auberge et que l'hôte lui dit qu'un seigneur nommé M. de Francheville, arrivé en grand équipage, le prioit à souper, le chevalier fit un cri involontaire qui étonna l'hôte, ainsi que le fidèle Azor; et descendant l'escalier comme un trait, il se présenta tout tremblant à la porte de l'appartement occupé par M. Lingot; mais en entrant sa joie cessa, ne trouvant que des personnes inconnues. Son air embarrassé ne déplut point à M. Lingot, qui le prit pour du respect; il demanda au chevalier des détails sur ses voyages, sur ce qui lui étoit arrivé en Espagne; pourquoi il n'avoit pas suivi le service de France; s'il avoit des parens connus. A tout cela le chevalier ne lui dit qu'une très-petite partie de ses aventures; et ne parlant de ses succès ni de sa naissance, M. Lingot le traita avec cette politesse, qui annonce plus la protection que l'égalité. Madame Lingot entra dans ce moment suivie de Rosalie. Cette belle fille tenoit son chapeau de voyage à sa main ; les plus beaux cheveux du monde tomboient négligemment sur un col d'albâtre. La vue d'un étranger, aussi beau comme homme qu'elle étoit comme femme, répandit sur une peau de lis des roses que l'art ne sauroit imiter. Ce moment décida du sort de tous deux, et jamais sympathie ne fut pareille. Le chevalier parloit sans penser ; et Rosalie ne parloit point, affectant de détourner des yeux qui, malgré eux, rencontroient toujours ceux du chevalier. Le souper étant servi et excellent, comme on peut l'imaginer, monsieur et madame Lingot y firent seuls honneur, tout étonnés de ce que des jeunes gens mangeoient si peu. Azor, qui n'étoit plus un domestique ordinaire, et qui avoit appris à avoir de l'esprit en servant son cher maître, ne concevoit pas ses distractions, et se promettoit bien de lui en demander la cause.

Après le souper on rentra dans le sallon de compagnie, et madame Lingot fit cent questions au chevalier, qui y répondit cependant avec cette complaisance qui annonce le desir de plaire : cela enchantoit la bonne dame, et Rosalie ne perdoit pas un mot de tout ce que disoit le chevalier ; malgré la modestie de ses récits, on ne pouvoit s'empêcher d'entrevoir son mérite, et ces observations n'échappèrent pas à Rosalie.

Tandis que le chevalier faisoit de son mieux pour satisfaire la curiosité de madame Lingot, les domestiques soupoient et buvoient amplement : Azor eut bientôt fait connoissance; et avant la fin du souper, il sut que M. de Francheville se nommoit M. Lingot; qu'il avoit la terre dont il portoit le nom; les circonstances de la mort du marquis de Francheville ; le naufrage du comte son fils; le château, les jardins à l'angloise, jusqu'au curé et au bailli de Francheville; comment de fermier de cette belle terre M. Lingot en étoit devenu le seigneur, qui, depuis sa grande fortune, jouoit l'homme important : la bonhomie de madame Lingot; les qualités rares de Rosalie, qu'ils aimoient et respectoient tous; en un mot, Azor, sans le demander, fut instruit de tout. La compagnie s'étant séparée, Azor en déchaussant son maître, lui raconta une partie de ce qu'il avoit appris des gens de ce M. de Francheville, dont le vrai nom étoit Lingot. Mais le pauvre Azor crut son maître devenu fou, en l'entendant faire un cri et voyant couler des larmes. — Ah! mon cher maître! dit-il en embrassant les genoux du chevalier, qui peut vous causer ce chagrin subit? n'ai-je donc plus votre confiance? seriez-vous mécontent d'Azor? — Non, mon ami, non, mon cher Azor; un souvenir cruel me met dans l'état où tu me vois : n'en dis sur-tout rien à personne; tu sauras un jour quelle en est la cause : laisse-moi seul, j'ai besoin de repos. Azor obéit en soupirant; et le chevalier, livré à lui-même, fit les plus tristes réflexions sur ce qu'il venoit d'apprendre. Au milieu de ses regrets, l'image de Rosalie

Rosalie s'offroit sans cesse à son imagination. Les larmes sont souvent plus près de l'amour que les ris et les jeux qui, dit-on, l'accompagnent. Le chevalier ne dormit pas de la nuit. Monsieur et madame de Francheville l'envoyèrent prier de venir déjeûner avec eux : chaque fois qu'il entendoit prononcer ce nom, ses yeux étoient remplis de larmes. Le fidèle Azor, que l'intérêt qu'il prenoit à son maître empêcha aussi de dormir, étoit dès la pointe du jour à la porte du chevalier, écoutant s'il ne l'entendroit pas soupirer. Il l'habilla d'un air triste, quoique le chevalier prît sur lui de lui sourire avec intérêt. Ce dernier, incertain de ce qu'il devoit faire, prit cependant le parti de se rendre chez M. de Francheville ; il y trouva madame de Francheville et sa charmante fille, qui, les yeux baissés, lui fit une révérence très-grave ; et le chevalier, malgré les efforts qu'il faisoit pour vaincre sa profonde tristesse, avoit l'air fort abattu. Allons, disoit madame de Francheville, de la gaieté, M. le

H

chevalier : est-ce qu'à votre âge on doit avoir l'air sérieux ? Pardi ! si vous m'aviez vue étant jeune.... — Eh, madame! répondoit avec humeur M. de Francheville, laissez de grace ces propos-là. — Ces propos-là sont raisonnables; il faut être gai quand on voyage : je trouve aussi ma Rosalie tout je ne sai comment. — Je vous assure, ma chère maman, dit Rosalie d'un air un peu forcé, que je ne suis point triste, et que je crois être comme je suis tous les jours. — M. le chevalier des Francs, reprit M. de Francheville ? nous fera-t-il le plaisir de nous accompagner : nous devons aller voir ce matin un vaisseau en rade, vous en expliqueriez à ces dames les différentes manœuvres. Le chevalier répondit qu'il étoit aux ordres de ces dames ; il ne crut pas pouvoir, malgré son extrême chagrin, se dispenser de les accompagner : refuser de suivre Rosalie, lui paroissoit une chose absolument contre l'usage. La compagnie se rendit au port sur les dix heures, et passa dans un joli canot orné de banderoles pour se rendre au vaisseau. Un jeune officier de marine étoit venu, par ordre du capitaine, pour être le conducteur; et en très-peu de temps on arriva au vaisseau, où ce même capitaine avoit fait préparer un dîner et de la musique. Madame de Francheville ne cessoit de questionner le chevalier, qui connoissoit très-bien tout le détail des manœuvres, et les expliquoit fort clairement. Le capitaine et son lieutenant demandèrent son nom à M. de Francheville; et sitôt qu'il l'eut nommé, tous deux furent embrasser le chevalier. Nous ignorions, dirent-ils, que nous eussions sur notre bord un officier que nous connoissons de réputation : tous les ports de l'Amérique espagnole en parlent avec éloge. Complimens d'une part, modestie de l'autre, rien de tout cela n'échappoit à Rosalie : de tout temps la beauté a fait grand cas de la gloire. Il n'y avoit pas jusqu'aux matelots qui se disoient entre eux : C'est-là ce chevalier des Francs! il est, morbleu, aussi beau que brave : et Rosalie écoutoit. Le dîner fut très-splendide : tout le monde y parut joyeux, à l'exception du chevalier et de Rosalie, qui pourtant faisoient de leur mieux pour prendre l'unisson, et ne pouvoient y parvenir. A peine le chevalier osoit offrir, dans l'occasion, la main à Rosalie; mais moins embarrassé avec sa mère, il avoit pour elle les attentions les plus suivies, ce dont la bonne dame étoit enchantée. Quand le dîner fut terminé, le capitaine fit revirer de bord, et montra à la compagnie les différentes évolutions; ensuite on se prépara à retourner au port. Le capitaine s'étant chargé de donner la main à madame de Francheville, il fallut bien que le chevalier la donnât à Rosalie. Mais en entrant dans le canot, madame de Francheville, qui étoit naturellement assez mal adroite, au lieu de mettre le pied sur le bord du canot, le met à côté et tombe à la mer. Le chevalier quitte la main de Rosalie et se jette à la nage. Le fidèle Azor, meilleur nageur que lui, les ayant saisis tous deux d'une main vigoureuse et exercée, aidé des matelots, les eut bientôt remis dans le canot. Pendant cette scène, Rosalie étoit tombée sans connoissance : à force de secours de toute espèce, on fit revenir la mère et la fille : pour le chevalier, il en fut quitte pour avoir ses habits mouillés. On revint le plus vîte possible au port, où M. de Francheville, qui avoit été lui-même très-effrayé, ordonna tout ce qu'il falloit pour éviter les suites de cet accident. Le médecin appelé, assura que madame de Francheville en seroit quitte pour la peur et deux jours de repos. Le mari voulut récompenser Azor; mais Azor le remercia, en disant qu'il se trouvoit récompensé par une bonne action ; et que quant à ce qui regardoit son maître, sa vie lui étoit consacrée depuis long-temps : ce sentiment, dans un nègre, paroissoit incroyable à M. de Francheville. On conçoit bien que cette aventure augmenta beaucoup le penchant de Rosalie :

H iij

sa mère ne lui parloit que du chevalier, de son courage, de son mérite; et quand Rosalie ne répondoit pas à son gré, elle lui disoit: En vérité, ma fille, on diroit, à vous voir, que vous ne sentez pas ce que vaut ce brave jeune homme; il n'y a pas jusqu'à son Azor, que nous ne pouvons trop récompenser. Toutes les voix se réunissant, avec raison, pour faire l'éloge du maître et du serviteur, M. de Francheville dit, avec dignité, à sa femme et à sa fille, qu'il se chargeoit de l'avancement du chevalier des Francs, et le fit prier un matin de vouloir bien venir lui parler dans son cabinet. Le chevalier ignorant la raison d'une pareille invitation, s'y rendit à l'instant. Asséyez-vous, M. le chevalier; j'ai à vous parler de choses qui doivent vous intéresser. J'ai infiniment goûté votre caractère; et le service important que vous venez de rendre à madame de Francheville, a, comme vous pouvez le croire, infiniment augmenté cet intérêt pour vous. Je me propose de parler fortement au ministre en votre faveur ; j'ose croire que j'en suis écouté. Je compte dans peu marier ma fille à un homme de la première naissance, qui lui-même pourroit être dans le cas de vous placer : s'il faut de l'argent, nous en trouverons ; et quoique ma maison me coûte beaucoup, je suis en état d'aider ceux qui méritent de l'être. Je vous menerai à ma terre de Francheville, où je compte passer le reste de la belle saison; et là, vous me ferez le détail de vos parens, de vos vues : nous arrangerons vos petites affaires. Le chevalier rougissoit à chaque phrase ; et il eut besoin de se rappeler Rosalie, pour ne pas répondre comme il auroit voulu à une protection proposée de la sorte; mais l'amour calma le dédain. Des Francs ne fit à M. de Francheville qu'une réponse vague et noble, en lui faisant cependant sentir qu'un homme de son caractère et de son métier, cherchoit plutôt la gloire que les protections, et qu'on étoit toujours sûr de celle du roi quand on

H iv

le servoit bien. M. de Francheville fut un peu surpris de cette réponse, venant de ce qu'il nommoit un jeune officier de fortune. En ayant rendu compte à sa femme et à Rosalie, avec l'air un peu fâché, la bonne dame de Francheville, qui desiroit ardemment que le chevalier les accompagnât, lui fit toutes les amitiés possibles. — Comment, mon chevalier, ce cher jeune homme à qui je dois peut-être la vie, pourroit-il nous refuser de venir à notre terre? Ma chère Rosalie, qui est là sans rien dire, en sera sûrement fort aise : vous ne connoissez pas tout ce qu'elle vaut. — Ah, madame ! qui pourroit en douter? dit le chevalier avec une vivacité qui fut seulement apperçue de Rosalie. — Allons, mon enfant, joins-toi à ta mère pour obtenir ce que je demande. — Ma chère maman....., vous n'ignorez pas.... que tout ce qui peut vous plaire.... me flattera.... beaucoup. Rosalie baissoit les yeux en rougissant. — Vous me comblez de bonté. Oui, madame, vous pou-

vez disposer de moi ; je suis à vos ordres, et me croirois trop heureux de pouvoir me trouver à portée de répondre aux bontés.......
M. de Francheville entra dans ce moment. — Nous l'avons enfin déterminé, ce cher chevalier ; il vient avec nous. --J'en suis fort aise, répondit M. de Francheville ; et j'espère que monsieur ne se repentira pas de cet acte de complaisance.

Rosalie, d'après ses principes, ne pouvoit s'empêcher de se faire tout bas des reproches du danger où son penchant pouvoit l'exposer. La bonne madame Firmin s'étoit apperçue de ce penchant pour un homme à peine connu ; et Rosalie ne balança pas à lui en faire l'aveu. Quoi ! lui disoit cette bonne gouvernante : cette Rosalie si vertueuse, dont les principes paroissoient inaltérables, au lieu d'écarter un goût qui peut devenir funeste à son bonheur, à sa réputation, est la première à paroître flattée d'attirer auprès d'elle une homme dont elle ignore la naissance, les mœurs ? — Ah !

pour des mœurs, il en a sûrement. — Voilà le langage d'une passion naissante. Ah, ma chère Rosalie ! en convenant des qualités de M. le chevalier des Francs, que son séjour à Francheville m'inquiète ! — Ah, ma bonne ! ma tendre amie ! soyez sûre que jamais, non jamais votre Rosalie ne s'écartera de la route que vous lui avez tracée ; d'ailleurs mon père, vous le savez, a des vues. J'obéirai à mon père ; je suivrai toujours vos conseils : de grace ne grondez plus votre Rosalie ; elle vous jure de ne jamais se mettre dans le cas de le mé- riter. La bonne madame Firmin n'étoit pas très-persuadée ; mais ne voyant aucun moyen d'empêcher ce voyage, sans exposer Rosalie à toute la colère de son père, dont elle con- noissoit la vanité, elle fit comme toutes les gouvernantes qui aiment leurs pupilles ; et tout étant disposé pour le départ, on prit le chemin de Francheville. Le chevalier avoit peine à se persuader qu'il alloit à Franche- ville. Quoi ! disoit-il en soupirant, ce châ-

teau habité de tout temps par mes ancêtres
et qui m'étoit destiné, je ne dois y arriver
que pour verser des larmes sur le tombeau
de mon père! Ces lieux qui m'ont vu naître
ne sont plus pour moi qu'une terre étrangère,
comme je suis étranger pour eux : ce bon curé
qui a pris soin de ma première éducation,
ne reconnoîtra plus son élève ; ah! du moins
je le verrai. C'est donc aujourd'hui M. de
Francheville, ce M. Lingot qui..... Mais il
est le père de Rosalie : Rosalie fait tout oublier : elle a reçu de la nature ce que la naissance et la fortune ne pourront jamais donner.

Après huit ou dix jours de marche, on arriva au château de Francheville. Le chevalier
avoit reconnu tous les environs, et se rappeloit jusqu'aux chaumières : mais entrant
dans les cours du château, il crut un moment
qu'il se trompoit ; il ne restoit rien de tout ce
qu'il avoit connu que le sol. On descendit de
voiture : en traversant une enfilade d'appartemens ornés avec profusion, le chevalier

apperçut le bon curé et le bailli : un frémis-
sement de joie et de douleur le saisit, et il
fallut le plus grand effort au chevalier pour
ne pas se précipiter dans leurs bras. Au milieu des complimens que faisoit le curé sur
le retour de M. de Francheville, ce premier
regardoit le chevalier avec un intérêt singulier. S'étant informé à un valet-de-chambre
quel étoit ce beau jeune homme qui accom-
pagnoit M. de Francheville : C'est, lui dit le
valet-de-chambre, un officier de fortune qui
a rendu un très-grand service à madame, en
la retirant de la mer où elle étoit tombée ;
monsieur qui sait qu'il n'est pas à son aise,
veut lui faire du bien, en le plaçant dans
quelque régiment. Hélas ! dit tristement le
curé, il a un fond de physionomie qui m'a
rappelé un cher homme, qui seroit à peu près
de son âge, à l'exception du teint et des cheveux qui ne sont pas les mêmes. Les hommes
aiment toujours à se flatter par des chimères.
Le valet-de-chambre, qui ne prenoit pas

grand intérêt à tout cela, fut à son affaire ;
et le bon curé, en s'en allant avec le bailli,
lui parla de l'émotion qu'il avoit éprouvée.
Vraiment, disoit le bailli, quand on regrette
quelqu'un, on croit le voir dans toutes les
figures qui ont rapport à lui : on le voit en
rêve ; cela m'arrive souvent. Je songe que je
vois arriver notre jeune seigneur ; je l'embrasse, et puis je m'éveille, tout étonné de
mon rêve qui ne fait que me chagriner : allez,
monsieur le curé, les morts ne reviennent pas.
—Hélas! non, répondoit le bon curé en soupirant.

On logea le chevalier aux mansardes, dans
un assez joli appartement de garçon, où,
malgré la bonté du lit, il dormit fort peu ; la
confusion de ses idées mettoit sa pauvre tête
dans le plus grand désordre : le fidèle Azor
le servoit avec un air d'inquiétude. — Je ne
veux pas, mon cher Azor, lui dit avec bonté
le chevalier, que tu puisses douter de la continuation de ma confiance; je connois ta dis-

crétion et ton attachement. Sans compter quelques sujets de chagrin que tu sauras un jour, apprends, mon ami, qu'un amour sans espoir me cause l'état où tu me surpends souvent. — Ah, mon cher maître! vous m'avouez enfin votre amour pour Rosalie : qui pourroit voir cette charmante demoiselle sans l'aimer, les uns d'amour, les autres d'amitié, et par le respect qu'elle inspire? — Quoi, Azor! tu as donc apperçu.... — J'ai suivi vos yeux à tous deux, et je suis bien trompé si elle ne pense pas pour vous ce que vous sentez pour elle. — Ah! que dis-tu Azor? je n'ai jamais rien vu qui puisse me faire espérer. — Allez, mon cher maître, j'ai donc mieux vu que vous : après tout, une honnête demoiselle, comme est mademoiselle Rosalie, ne se jette pas à la tête, quand même elle aimeroit un cavalier de tout son cœur.

Cet aveu du chevalier sembla le soulager un peu ; il pouvoit parler de Rosalie à chaque instant, et c'est un grand plaisir pour un amant d'avoir un confident sur lequel il puisse compter. Depuis ce moment, le fidèle Azor étoit moins occupé des soins qu'il rendoit à son maître, que de ceux qu'il avoit pour Rosalie et sur-tout pour madame de Francheville : elle ne faisoit pas une promenade dans le parc, qu'Azor ne se trouvât tout prêt à lui éviter un faux pas. La bonne dame ne pouvoit s'en taire, et répétoit à chaque instant : non, jamais on ne verra tel maître et tel domestique. La belle Rosalie écoutoit d'un air content, mais n'osoit jamais dire son avis. Madame Firmin la regardoit en poussant un gros soupir : Rosalie rougissoit en baissant les yeux, et la bonne gouvernante lui faisoit une petite caresse, de peur d'altérer sa santé par ses gros soupirs. Dès le lendemain de son arrivée, le chevalier n'eut rien de plus pressé que d'aller faire une visite au curé, qu'il trouva déjeûnant avec le bailli. — J'espère, M. le Curé, que vous ne trouverez pas ma visite indiscrette ; j'ai tant entendu dire de

bien de vous chez M. de Francheville.... –Ah!
M. le chevalier, que je suis touché de cette
bonté. Hélas ! vous venez de prononcer un
nom qui nous étoit bien cher, à M. le bailli
que voilà et à moi, de même qu'à toute la
paroisse : nous avons tout perdu ; mais Dieu
soit loué : ce n'est pas à nous qu'il convient de
lui demander compte de ses décrets. Pendant
ce temps-là, le chevalier examinoit les moin-
dres petits meubles du bon curé, qui étoient
les mêmes qu'il avoit vus dans son enfance.
– Votre nouveau seigneur doit répandre une
grande aisance dans le village. D'accord, reprit le bailli ; il fait beaucoup travailler ; il a
rebâti le château de la cave au grenier : tous
les portraits de nos anciens seigneurs y sont
en pile : nous aimions à voir la figure de ces
hommes-là. L'un tenoit un bâton de maréchal ; l'autre avoit commandé des flottes ; un
autre, de l'ordre de Malte, avoit battu les
Turcs : nous lisions, M. le curé et moi, toutes
ces histoires-là. Dame ! aujourd'hui c'est de
l'argent,

l'argent, et puis voilà tout. Feu M. le marquis ne nous payoit pas toujours exactement, j'en conviens, mais il en avoit la volonté; et quant à l'honneur, ha! ha! M. le comte, son fils unique, auroit été un maître homme; à l'âge de huit ans, il étoit déja beau comme le jour : sa mort nous a bien fait verser des larmes; et j'en répands toujours quand je puis aller voir un vieux bonhomme La Roche, qui a suivi son jeune maître jusqu'à ce maudit port, où il s'embarqua pour son malheur et pour le nôtre. — Ce La Roche vient-il parfois vous voir? — Non pas, vraiment; il a tellement pris en grippe le château et le village, qu'il évite même de se promener de ce côté-ci. Ma foi, au reste, je n'en suis pas étonné : et moi-même, sans ma femme et mes enfans...... Mais item, il faut vivre. — Je parlois dans l'instant où vous êtes arrivé, reprit le curé, du saisissement que m'a causé votre première vue; en vérité, monsieur le chevalier, jusqu'à un certain son de voix, tout en vous m'a rap-

I

pelé notre jeune comte ; je le disois à M. le bailli : notre imagination est comme nos rêves ; et dès qu'on est réveillé, adieu l'espérance. Le bon curé ayant proposé au chevalier de partager le petit déjeûner, ce dernier l'accepta avec grand plaisir, ce qui en fit aussi beaucoup aux deux autres ; et après avoir dit au curé qu'il viendroit le voir le plus souvent possible, il s'en retourna au château. Il avoit soutenu une rude épreuve, et ce ne fut pas sans peine qu'il retint ses larmes pendant la conversation qu'il venoit d'avoir. Azor, en parlant sans cesse des qualités de son maître et de ses belles actions en Amérique, avoit inspiré une espèce de vénération pour ce dernier à tous les gens de la maison ; mais ne pouvant rien dire de sa naissance, on soupçonnoit le chevalier d'être un enfant de l'amour. M. de Francheville qui étoit porté à le croire, lui dit un jour en se promenant avec madame de Francheville et Rosalie : Mais, chevalier, il seroit cependant nécessaire, d'après les vues que j'ai de vous placer, que vous me donnassiez un apperçu de votre naissance; cela me mettroit à portée d'agir en conséquence. — Sans doute, reprit madame de Francheville : vous pouvez nous parler en ami; au bout du compte, on n'est pas maître d'être tel ou tel : pourvu qu'on ait un certain mérite, dame! le reste ne dépend pas de nous. — Monsieur, reprit noblement le chevalier, quant au hasard de la naissance, je puis, je crois, me flatter d'en avoir une faite pour arriver à tout, et ce n'est pas encore le moment de vous en faire le détail. Si mon cœur étoit le maître de former des desirs, ce ne seroit, ni pour la naissance, ni pour la fortune. En disant cela, il n'avoit pu s'empêcher de regarder Rosalie. — J'espère, dit M. de Francheville, avoir ici dans peu de jours le comte de Florizel qui est destiné à être un jour duc; je vous y présenterai : c'est un jeune homme qui, par son rang, a beaucoup de crédit; il pourroit vous placer dans son régiment : je crois que mon opinion le déterminera sans peine. — Pardi! cela doit être, reprit madame de Francheville. Rosalie parla d'autre chose avec un air de dépit; et le chevalier fut le reste du jour dans la plus profonde rêverie. Madame de Francheville lui en faisant des reproches, le chevalier, qui étoit à l'autre bout du sallon assez près de Rosalie, dit à quart de voix : Il n'est au monde qu'un moyen d'être heureux, et je ne puis l'espérer. — Que dites-vous, chevalier, demanda madame de Francheville? — Je disois, madame, que devant renoncer aux charmes de ce pays-ci, je ne devois m'occuper qu'à m'en éloigner pour jamais. — Ce projet-là me paroît fort mauvais; moi je vous dis qu'il faut y rester : votre physionomie m'annonce que vous serez un jour très-heureux; je me connois en physionomie, moi : dès le premier moment que je vous ai vu, j'ai tout de suite tiré votre horoscope. Allons, chevalier, point de vapeurs : c'est vraiment bien à votre âge qu'il est permis d'en avoir ! n'est-il pas vrai, Rosalie? Prêche donc le chevalier, toi qui as tant d'esprit : sais-tu que tu en montres beaucoup moins depuis quelque temps?

Un des plus grands plaisirs du chevalier, après celui de voir Rosalie, étoit d'aller jaser avec le bon curé qui, ainsi que le bailli, avoit pris pour lui la plus prompte amitié : tous deux lui parloient avec cette confiance qu'on accorde aux personnes dont on se croit sûr. M. de Francheville, lui disoit le bailli, est un homme vain, qui humilie ceux à qui il fait du bien. Madame de Francheville est fort bonne femme, mais la seigneurie ne lui va pas. Quant à mademoiselle Rosalie, par ma foi, celle-là mériteroit d'être princesse : c'est une politesse, c'est des attentions pour tout le monde! et puis, ce que tout le monde ne sait pas, c'est qu'elle donne tout son argent aux pauvres : elle s'en va souvent, avec sa gouvernante, voir les malades ; c'est des écus aux uns, des habits aux autres ; en un mot, c'est un ange pour la figure et pour tout.

On dit que son père va la marier à un grand seigneur de la cour, afin d'avoir des parens de qualité : ma foi, bien heureux qui l'aura! on n'en trouve pas treize à la douzaine comme elle. Le chevalier écoutoit ces éloges avec grand plaisir, quoiqu'ils ne fissent qu'augmenter le chagrin de ne pouvoir posséder une femme si rare. Malgré qu'il cherchât chaque jour un moment où il pût dire tout ce qu'il ressentoit pour Rosalie, il ne le trouvoit jamais; Rosalie l'évitoit elle-même avec soin, et ne quittoit point la bonne dame Firmin. Mais les amans de cette espèce s'entendent sans parler; et dès que leurs yeux se rencontrent, ils en disent plus que tous les vers d'Ovide.

Le chevalier, en se promenant un matin dans la grande avenue du château, vit arriver une chaise de poste précédée de deux hommes à cheval, et derrière laquelle étoit un élégant coureur : un jeune homme lisoit dans cette chaise, d'un air assez ennuyé. Le chevalier frémit, ne doutant pas que ce ne fût l'heureux comte de Florizel. Il apperçut de loin M. de Francheville qui descendoit le perron du château, en s'empressant auprès de ce jeune homme. C'étoit en effet le comte qui, sous prétexte de passer trois ou quatre jours avec son intime ami, M. de Francheville, arrivoit pour ce qu'on nomme l'entrevue. Toute la maison fut aussitôt en mouvement; et l'on envoya, à vingt lieues à la ronde, pour avoir en tout genre ce qu'il y avoit de plus recherché pour une chère délicate. Le comte de Florizel combloit tout le monde de politesses, en accablant d'éloges le seigneur châtelain. — Je ne vois personne, lui disoit-il, qui ait votre goût, et je ne conçois pas comment, du lieu le plus triste et le plus maussade, vous êtes parvenu à faire un séjour véritablement enchanté. — Cela n'a pas laissé de me coûter, disoit M. de Francheville. — L'argent n'est rien; et nous savons tous que si vous aviez voulu avoir dix millions de plus..., mais vous avez préféré le bien de l'état. — Ah!

j'en conviens; il faut être citoyen avant tout. Pendant ces propos, répétés de cent façons différentes, le chevalier gardoit le silence; et Rosalie, beaucoup plus négligée que de coutume, avoit l'air fort triste. Sa figure n'avoit pas paru frapper le comte, qui ne paroissoit avoir pour elle que ces attentions d'usage. Ayant demandé tout bas à M. de Francheville quel étoit ce jeune homme qui, malgré l'air un peu timide, avoit cependant une figure très-distinguée, M. de Francheville lui répondit : C'est un jeune officier de fortune que je compte vous présenter après dîner, et pour lequel je vous demanderai votre protection : il a rendu un très-grand service à Toulon à madame de Francheville; et c'est un garçon fort sensé qui a même très-bien servi en Amérique; je l'ai ramené à ma terre, afin de trouver un moyen de le placer. — Vous savez, dit obligeamment le comte, que vous pouvez disposer de moi et de mon crédit : les hommes tels que vous n'ont qu'à vouloir; et votre protection vaut ma foi mieux que la mienne.

Quand on eut pris le café, M. de Francheville prit le chevalier par la main, en le présentant au comte comme un homme qui méritoit ses bontés. — Je me ferai un plaisir d'obliger monsieur : la main qui le présente en dit assez le prix. — Je suis très-flatté , répondit noblement le chevalier , de l'opinion qu'on veut bien vous donner de moi, et je le serois beaucoup de mériter l'amitié de mes pareils; c'est le seul sentiment que je dois réclamer de M. le comte par la suite , et j'espère que nous sommes l'un et l'autre trop bien nés pour n'en pas sentir tout le prix. Le comte fut un peu étonné de cette manière de répondre , et M. de Francheville en fut indigné : madame de Francheville n'y fit pas d'attention; et Rosalie en fut tellement enchantée, qu'elle en devint plus belle et moins triste. On fut se promener dans le parc , et M. de Francheville, ayant pris le chevalier à l'écart, lui parla avec assez peu de ménagement sur la manière dont il avoit répondu aux bontés du comte. — Vous ne manquez assurément pas d'esprit, M. le chevalier ; et quand vous aurez l'usage du monde, vous saurez qu'un homme du rang de M. le comte, mérite de votre part des égards d'une certaine espèce. — J'ai déja eu l'honneur de vous dire, monsieur, que pour des égards je n'en manquerai jamais pour personne ; et que, si j'ai des raisons de respecter ce que vous avez la bonté de me dire souvent, je n'en ai aucune pour être protégé par ce que vous nommez des gens d'un certain rang. M. de Francheville qui étoit loin de pénétrer la cause du respect que le chevalier paroissoit avoir pour ses conseils, fut très-flatté de cette distinction, et pria même le comte d'excuser la manière de parler du chevalier : il a, disoit-il, été presque toujours sur des vaisseaux, ou avec des gens qui n'ont pas été à portée de lui apprendre l'usage des gens comme nous. Le comte qui trouvoit dans toutes les occasions le chevalier très-poli, mais de cette politesse noble qui annonce l'égalité, ne prenoit pas le change; et plus rusé que les maîtres du château, il avoit apperçu que les yeux de Rosalie et ceux du chevalier disoient beaucoup de choses. Il trouva l'ocasion de se promener seul avec ce dernier, et employa toutes les tournures des gens de son étoffe, pour pénétrer les sentimens du chevalier; mais celui-ci étant en garde, ne montra que beaucoup d'esprit et d'élévation. Le valet-de-chambre, confident du comte, fit de son côté ce qu'il put, par l'ordre de son maître, pour tirer d'Azor quelques lumières sur l'existence du chevalier et sur ses goûts, mais tout cela très-vainement. Ce n'est pas que le comte fût amoureux et jaloux, ces foiblesses-là avoient passé de mode chez les gens d'un certain monde; et la fortune de M. de Francheville étoit la seule chose qui l'intéressât. Ayant parlé vaguement sur tout cela à M. de Francheville, celui-ci lui dit qu'il soupçonnoit le chevalier d'être ce qu'on appelle un enfant de l'amour ; il pourra cependant, par son mérite militaire, s'avancer : je crois que son projet est de retourner aux îles, et cela me paroît sensé ; il y sera moins connu. Dites-moi, M. le comte, comment vous trouvez notre Rosalie? — Divine, réellement intéressante ; je ne connois point de femmes qu'on puisse lui comparer pour la figure, et je crois qu'elle fera beau bruit à la cour. Mais, mon cher ami, j'avoue en même temps que le plaisir de vivre avec vous en famille, suffiroit seul pour me faire trouver une femme adorable : vous avez toujours été mon côté tendre ; ce n'est pas d'aujourd'hui que nous nous connoissons. — J'en conviens; il se trouve comme cela des sympathies. — Précisément, de ces goûts mutuels qu'on ne peut souvent définir. En vérité, nos philosophes devroient travailler à des observations sur ces sortes d'analogies. En sortant de cette conversation sentimentale, M. de Francheville fit avertir madame de Francheville et Rosalie de le venir trouver dans son cabinet, et elles s'y rendirent à l'instant. Je vous ai fait appeler ici avec votre mère, ma chère Rosalie, pour vous annoncer enfin un projet arrêté depuis long-temps, et que votre grande jeunesse m'a toujours empéché de vous communiquer. Je n'ai que vous, ma chère fille, et votre bonheur m'occupe uniquement : ce n'est pas assez dans le monde d'avoir une grande fortune, il faut encore une grande considération ; et c'est à quoi j'ai pensé. — Votre père parle à merveille, reprit madame de Francheville : vraiment, la considération... — Je crois, continua M. de Francheville, qu'à tous égards le comte de Florizel.... — Pour ça oui, dit madame de Francheville, il est fort poli et n'a point ces airs.... — C'est, reprit M. de Francheville, un homme de la plus haute naissance, et qui tient à tout. — Hélas! mon père, répondit Rosalie en pleurant, vous voulez me donner à un homme que je connois à peine !

de grace, ne me forcez pas à une union qui, peut-être, feroit mon malheur. — Effectivement, dit la bonne madame de Francheville, il faut, comme on dit, se connoître avant de s'aimer. — Chimère! reprit avec humeur M. de Francheville : cette façon de penser n'est bonne que pour le peuple. — Dame! je n'en sai pas davantage, reprit la mère ; pourvu que ma Rosalie soit heureuse, je n'ai rien à dire. — Elle le sera, madame : une femme présentée à la cour, portant un grand nom, ayant une immense fortune, peut-elle n'être pas heureuse? — Ah! mon père, mon tendre père, dit Rosalie en versant un torrent de larmes et se jetant aux genoux de M. de Francheville, souffrez au moins les représentations de la fille la plus tendre. J'ai conçu un éloignement invincible pour celui que vous me destinez ; sa réputation, la légèreté de sa conduite, me sont connues depuis long-temps : laissez-moi la douceur de vivre auprès de vous sans engagement : laissez-moi ce plaisir pur de vous

rendre chaque jour, ainsi qu'à ma tendre mère,
les soins d'une fille qui donneroit sa vie pour
vous prouver sa tendresse et sa reconnoissance :
nul rang, nulle fortune, ne pourront jamais
balancer dans mon cœur ce sentiment pour
les respectables auteurs de mes jours. — En
vérité, dit en pleurant madame de Francheville, elle parle comme un ange : va, mon
enfant, nous t'aimons trop.... — Hé finissez,
madame, dit avec colère M. de Francheville
en se levant. Souvenez-vous, mademoiselle, que l'obéissance est le premier devoir
d'une fille bien née. Je veux bien vous donner quelques jours pour songer à ce que vous
me devez : je ne sai qui a pu avoir l'audace
de jeter d'injustes soupçons sur le choix que
j'ai fait, et je vous déclare que ma volonté
ne changera jamais. — Oui, ma chère Rosalie, réfléchis : ton père sait ce qu'il te faut
beaucoup mieux que nous. Rosalie, les yeux
gros de larmes, sortit avec sa mère, qui faisoit de son mieux pour la consoler. Elles ren-

contrèrent dans le corridor le chevalier, qui recula d'effroi en voyant l'état dans lequel étoit Rosalie qui, en le regardant, leva les yeux au ciel. Ah! vous voilà fort à propos, M. le chevalier, dit madame de Francheville; il faut que je vous parle. — Va, ma chère fille, va dans ton appartement, et tâche de reposer; tout cela ne sera rien : et prenant le bras du chevalier, elle le conduisit dans un des bosquets du parc. — Ah ça, M. le chevalier, il faut que vous me rendiez un service : nous venons d'avoir, avec mon mari, une scène terrible; il veut, bon gré mal gré, que notre Rosalie épouse le comte de Florizel; Rosalie ne veut pas en entendre parler, malgré tous les grands avantages qu'elle en auroit : elle s'est jetée aux genoux de son père, a pleuré et repleuré, ainsi que moi, car j'en pleure encore : j'aime tant cette chère enfant! hé! qui ne l'aimeroit pas? Il faut, mon cher chevalier, que vous tâchiez de la déterminer à obéir; elle a confiance en vous : vous êtes

notre

notre ami ; et au bout du compte , un père doit toujours être le maître de ses enfans : n'est-il pas vrai ? Hélas ! madame , je ne prétends pas condamner ce principe ; mais le bonheur des enfans ne doit-il pas aussi occuper , avant tout , ceux à qui la nature donne l'autorité ? — Ah ! sûrement ; c'est bien mon avis. — D'après cela , madame , ne seroit - il pas cruel de donner à votre charmante fille , un homme pour lequel elle montre un éloignement invincible ? Je connois peu le caractère du comte de Florizel, mais je sais en général que pour qu'un mariage soit heureux, il faut qu'il y ait entre les époux certaine conformité de principes , qui établit cette confiance sans laquelle le mariage ne me paroît qu'une espèce de marché. Si l'on n'a pas le bonheur de s'aimer (ce qui me paroîtroit fâcheux), il faut au moins s'estimer mutuellement, afin de remplacer par l'amitié ce que l'amour n'a pu faire naître. — Fort bien pensé. Voilà précisément ce que je me propose de

K

dire à mon mari : voilà ce qu'on appelle des
réflexions sensées. Mais, mon cher chevalier,
tâchez toujours, dans l'occasion, de déterminer Rosalie. L'heure du dîner approche; ren-
trons au château, et ne faites semblant de
rien. Le dîner auroit été probablement fort
triste ; mais deux ou trois voisins des plus
hupés étant arrivés, parce qu'ils avoient appris
que le comte de Florizel étoit au château,
cela fit diversion : on ne parla que chasse et
chiens. — Ah! s'écrioit un des convives, l'excellent équipage qu'avoit le comte de Francheville ! combien nous avons pris de chevreuils et de renards! ce cher comte est mort
de chagrin de la perte de son fils unique
qui, à ce qu'on dit, étoit un sujet comme
on en voit peu. Quelle diable d'idée aussi de
laisser aller un fils unique sur mer! — Vraiment, reprit le comte de Florizel, les Fran-
chevilles sont excellens, mais je dis très-bons;
il y a eu beaucoup d'alliances entre nos mai-
sons, et nous nous en faisons honneur. Voilà

une bonne maison éteinte, c'est grand dommage; mais c'est le sort de toutes les choses de la vie. — Cela prouve, reprit M. de Francheville, qu'il faut établir ses enfans le plus tôt possible. Mais voyant que M. le comte de Florizel trouvoit le dîner bien long, et bâilloit sous sa serviette, on proposa d'aller prendre le café; ce qui ne parut pas faire plaisir aux voisins qui n'étoient nullement dans l'habitude de quitter sitôt la table.

Le chevalier, au lieu de se rendre au sallon, prit sa canne et son chapeau, et sortit par une petite porte du parc qui donnoit sur la campagne. Occupé de ses tristes réflexions, et songeant au parti qu'il devoit prendre, il avoit déja fait près de deux lieues sans s'en appercevoir; il s'arrêta au bord d'une rivière qui passoit près des murs d'un assez gros bourg, qu'il reconnut aisément; et tandis qu'il observoit les environs, il vit, de l'autre côté de la rivière, un vieillard qui, après l'avoir observé, paroissoit dans une espèce de délire.

K ij

Le chevalier, croyant que ce pauvre homme, qu'il n'avoit pas envisagé, avoit sans doute la tête dérangée, s'enfonça parmi des saules, en cherchant un moyen de passer pour secourir ce pauvre insensé ; mais la rivière n'offrant ni pont ni bateau, le chevalier fit vainement beaucoup de chemin ; et n'appercevant plus le vieillard, il s'en retourna tristement au château ; et sous prétexte de migraine, il se retira dans sa chambre. Rosalie ne soupa qu'avec une tasse de thé. M. de Francheville, désolé de tout cela, faisoit l'impossible pour amuser le comte de Florizel qui ne s'amusoit point du tout, et qui bâilloit en dedans de peur qu'on s'en apperçût.

Le chevalier, n'ayant pas dormi de la nuit, se rendit de bonne heure chez le curé qui étoit toujours sa ressource, dans le dessein de lui tout avouer, et de le consulter sur le parti qu'il devoit prendre. Il fut très-surpris de le trouver une lettre à la main, avec le bailli, dans une espèce d'ivresse : tous deux en même temps se jetèrent au cou du chevalier. — Pardonnez-nous ce transport, M. le chevalier : vous voyez deux hommes enchantés de la plus douce espérance. Notre jeune comte n'est pas mort : La Roche a encore la vue bonne ; il est homme de bon sens : lisez, lisez la lettre qu'il nous écrit. Le chevalier étonné saisit la lettre, et y lut ce qui suit :

« Ne perdez pas de temps, mon cher M. le curé ; allez bien vîte remercier le Tout-puissant, qui nous a rendu notre jeune seigneur. M. le comte, notre cher enfant, est dans le pays ; je l'ai vu hier, oui, de mes deux yeux vu, au-delà de notre rivière ; j'ai crié, j'ai couru, mais apparemment qu'il ne m'a pas entendu : sans une entorse que je me suis donnée en courant, j'aurois moi-même été vous dire tout cela, ainsi qu'à notre ami M. le bailli. J'avois renoncé, comme vous savez, à mettre le pied à Francheville ; mais, ma foi, j'ai bien changé d'avis depuis hier, et je me dépêche de guérir mon entorse pour aller

K iij

vous voir. J'imagine bien que notre cher seigneur ira vous trouver, à moins qu'il n'ait quelque raison d'être inconnu jusqu'au moment où il viendra réclamer sa terre, qui lui est, comme vous savez, substituée. Jamais, M. le curé, je n'ai prié Dieu de meilleur cœur. On me fait espérer que je serai quitte de mon entorse dans deux jours. Je suis, etc. »

Il est aisé de concevoir l'effet que fit cette lettre sur le chevalier : son extrême émotion auroit pu le découvrir à des yeux plus pénétrans que ceux du curé et du bailli, qui n'étoient occupés que de leur douce espérance de revoir bientôt leur jeune seigneur. Le bailli citoit toutes les lois relatives aux substitutions : cette affaire, disoit-il au chevalier, ne peut éprouver la plus petite difficulté, et notre jeune comte rentre de droit dans sa terre. Si M. Lingot l'a embellie, tant mieux : hors les meubles, il ne peut rien emporter ni changer. Cela me paroît positif, reprenoit le curé. Pour moi, leur répondit le chevalier, je ne vois pas cette affaire ainsi. En supposant le jeune comte avec les principes d'honneur qu'on dit qu'il a, il doit, ce me semble, respecter la foi des traités. M. Lingot ayant bien payé cette terre, et l'ayant acquise d'après les certificats de gens connus qui avoient constaté la mort du comte, à la place de ce dernier, j'avoue que je ne pourrois me déterminer à profiter de la loi. La première de toutes, pour un homme bien né, est l'honneur : il me paroîtroit blessé en reprenant une terre qui, dans le fond, ne doit plus lui appartenir. — Que dites-vous donc là, M. le chevalier? L'honneur n'a rien de commun dans cette affaire : la loi, la loi, voilà le point. Et après tout, je ne vois pas que monsieur et madame Lingot.... Je n'en dis pas de même de mademoiselle Rosalie. Ah ! pour elle, on est fâché de ce qui peut diminuer sa fortune : je crois même qu'il seroit honnête de la prévenir doucement. — Je pense comme vous, reprit le curé. Il est de bonne heure ; allons-y de ce pas ; nous pourrons peut-être trouver le moment de lui parler en particulier : nous vous dirons, M. le chevalier, ce que cela aura produit sur elle. Ils s'acheminèrent tous trois vers le château. Le chevalier les quitta en entrant, et fut seul se promener dans une petite allée du parc. Le curé ayant demandé si l'on pouvoit voir mademoiselle Rosalie, un des gens lui dit : Vous la trouverez dans l'allée tournante, où elle se promène depuis une demi-heure avec madame Firmin. Le curé et le bailli prirent le chemin de cette allée, et trouvèrent effectivement Rosalie et la gouvernante assises sur un banc, qui toutes deux avoient l'air fort triste. — Nous venons, M. le bailli et moi, mademoiselle, vous prévenir d'un évènement qui pourra vous chagriner, mais nous espérons que votre raison vous aidera à le supporter : notre respect pour vous est tel, que malgré la joie inattendue qu'il pourroit nous causer, en vérité, ma chère demoiselle.... — Expliquez-vous de grace, M. le curé ; je ne crains point les peines, il faut s'y accoutumer. — Cette réflexion est véritablement chrétienne et bien digne de vous. — Parlez, je vous en conjure. — Enfin, mademoiselle, puisqu'il faut bien que vous l'appreniez par la suite, notre jeune comte de Francheville, qu'on avoit dit mort, est dans ce pays-ci : cette terre est substituée sur sa tête, et... — Mais, reprit Rosalie avec un air calme, dès qu'elle doit être à lui... — Ah! bon dieu, s'écria le bailli, quel courage héroïque! ma foi, nous avons bien raison de vous respecter. — Mais, reprit Rosalie, êtes-vous bien sûrs? — Lisez cette lettre, lui dit le curé. Rosalie, l'ayant lue avec le plus grand sang-froid, la lui remit, en le priant de prendre les plus sages précautions pour instruire son père, dont la santé la touchoit infiniment plus que la fortune. Ils la quittèrent avec un étonnement singulier. Avez-vous remarqué, disoit le bailli, que son air, en lisant, étoit moins triste que lorsque nous l'avons abordée? — En vérité, reprenoit le bon curé, les femmes sont indéfinissables. Madame Firmin avoit observé, sans rien dire, l'effet de cette nouvelle ; mais elle ne put s'empêcher de montrer son étonnement à Rosalie sur le peu d'importance qu'elle avoit paru mettre à une perte aussi considérable. — Ah, ma chère madame Firmin! sans la peine que cela peut causer à mon père, vous m'auriez vue bien plus contente. Cette aventure peut éloigner le comte de Florizel ; enfin, ma chère amie, je ne serai plus cette riche héritière, destinée à être victime de l'ambition. — Fort bien, vous croyez vous rapprocher du chevalier, j'entends. — Ah, ma chère bonne! croyez que jamais, non jamais, je ne formerai de projets capables de me faire perdre votre amitié. Mon père sera toujours le maître de mon sort; et si mon cœur en gémit, la vertu la plus austère n'aura rien à me reprocher.

Tandis que le curé et le bailli cherchoient dans leurs têtes comment ils devoient s'y prendre pour annoncer la résurrection du comte

à M. de Francheville, ils furent tout étonnés
d'apprendre qu'il en étoit question dans tout
le château, et jusques dans la basse-cour. Le
bon curé avoit relu la lettre de La Roche, et
l'avoit lue si haut, que sa servante ayant tout
entendu, l'avoit confié à une fille de basse-
cour de ses amies; celle-ci à deux autres domestiques, et ces deux derniers à toute la
maison. Cela étant parvenu le jour même à
M. de Francheville, il envoya dire au curé
et au bailli de venir lui parler; et ceux-ci le
voyant instruit, lui montrèrent tout bonne-
ment la lettre de La Roche. Ciel! s'écria M.
de Francheville, seroit - il possible qu'après
tant de soins, je visse ma fortune diminuée
de plus de moitié? Ce n'est pas que je tienne
à l'argent, comme on l'imagine; je vivrois,
n'ayant que cinquante mille livres de rente,
avec autant de philosophie qu'un autre; mais
quitter une terre que j'ai arrangée, être obligé
d'abandonner un nom, et de placer ma fille
à la cour! ah! cela seroit bien cruel pour un

homme comme moi. Il fit venir madame de Francheville et Rosalie, et envoya prier le chevalier de les accompagner. Il venoit aussi de faire mettre deux chevaux à un cabriolet, et avoit chargé le bailli d'aller, dans l'instant, chercher le bonhomme La Roche, afin de l'interroger lui-même sur cette apparition. Les dames, ainsi que le chevalier, se rendirent à l'instant dans le cabinet de M. de Francheville. Madame commença par plaindre son mari. — Vraiment, ce n'étoit pas la peine de se tant tracasser la tête, pour orner la terre d'un homme qui revient de l'autre monde, quand personne ne songeoit plus à lui; mais au bout du compte, contentement passe richesse. Quand notre Rosalie ne seroit pas une si grande dame, qu'importe, pourvu qu'elle soit heureuse? il s'en trouvera encore plus d'un qui la prendra à belle baise-main. — Rosalie, s'appercevant que ce bavardage déplaisoit fort à son père, prit la parole, en lui disant les choses les plus tendres et les plus

consolantes. Si cette nouvelle est véritable,
lui disoit-elle en lui baisant les mains, j'espère que vous trouverez dans les soins et la
tendresse de votre Rosalie, de quoi vous en
dédommager. Une trop grande fortune pouvoit me séparer de vous : cette seule idée
auroit pu faire mon malheur. Je veux vous
consacrer les jours que je tiens de vous, et
vous prouver toute ma vie que, si vous avez
pu trouver de ma part quelque résistance à
vos volontés, c'étoit par la peine que j'éprou-
vois de quitter tout ce que j'aime et que je
dois aimer. Le chevalier ayant été consulté
à son tour, répéta ce qu'il avoit dit au curé et
au bailli, en ajoutant qu'il regarderoit comme
un homme sans principes le jeune comte de
Francheville, s'il profitoit d'une loi que l'honneur réprouvoit. M. de Francheville trouva
ses raisons admirables et de la plus grande
élévation. Mais Rosalie n'en parut pas si enchantée, et dit avec ironie au chevalier :
Votre éloquence, monsieur, et la délicatesse

de vos vues peuvent être d'un grand poids dans cette occasion ; elles pourroient déterminer le jeune comte. — Mais il me vient une idée , reprit le bon curé : M. le comte est très - aimable ; il a tout ce qu'on peut desirer dans un homme de qualité ; je crois bien qu'en voyant mademoiselle Rosalie , il pensera comme tout le monde : est - ce que cela ne pourroit pas faire un mariage ? — Très-bien pensé, dit madame de Francheville. — D'accord, dit M. de Francheville ; mais ce n'est pas un homme de la cour. — Il est, reprit le chevalier avec vivacité , de naissance à y prétendre , et je ne doute pas qu'il ne fût flatté d'avoir pour femme la personne la plus accomplie. — Je vous supplie, M. le chevalier, reprit vivement Rosalie, de prodiguer à d'autres des louanges dont je ne suis nullement flattée. Sans avoir beaucoup d'expérience, je connois la façon de penser des hommes en général, et j'en fais fort peu de cas. — Mais, mon enfant, reprit madame de Francheville, ceci est de l'humeur; je ne t'en avois jamais connu. — Vous devriez, mademoiselle, dit gravement M. de Francheville, mettre un peu moins d'aigreur dans vos discours : M. le chevalier nous parle comme un véritable ami. Cette conversation ayant duré près d'une heure, chacun disant son avis suivant ses vues, le dépit de Rosalie étoit si marqué, et le chevalier qui en développoit la cause étoit dans un tel enchantement, qu'il alloit enfin se faire connoître, quand on entendit dans la cour le roulement du cabriolet : on regarde par la fenêtre, et l'on voit le bailli qui aidoit le bon homme La Roche à descendre. Depuis qu'il avoit quitté son jeune maître, ses cheveux avoient blanchi, mais il avoit toujours conservé cette sérénité d'un honnête homme. Le chevalier éprouvoit, en le voyant, le sentiment d'un fils pour son père. Le bailli donnant le bras au bon La Roche, ouvre la porte du cabinet ; et le premier objet qui frappe ce fidèle serviteur est son jeune maître.

Oubliant son entorse, il se précipite dans les bras du chevalier. — Ah ! mon cher comte, mon enfant, mon maître ! il est donc vrai que le ciel vous a rendu à nos prières. Ah ! que la vie me paroît douce dans ce moment ! Le chevalier, de son côté, embrassoit avec transport, et en versant des larmes de joie, le bon La Roche. Tout le monde étoit resté sans parole. Mais le curé et le bailli reprenant leurs esprits, paroissoient en délire. M. de Francheville étoit stupéfait. Madame pleuroit à chaudes larmes ; et Rosalie, ses beaux yeux fixés sur le chevalier, mouroit d'envie de lui demander pardon de son dépit injuste.

Le comte de Florizel entra dans ce moment, et fut très-étonné de ce mélange de larmes et de joie. Chacun s'empressa de lui raconter l'aventure du jeune comte. — Recevez, lui dit ce premier en l'embrassant, le compliment sincère d'un parent qui desire de devenir votre ami. J'ai deviné, avant de vous connoître, toute l'élévation de votre ame :

vos

vos yeux m'ont aussi appris que j'avois en vous un rival redoutable. J'ai trop bonne opinion de M. de Francheville, pour croire qu'il balancera entre nous ; à moins, dit-il en riant, que vous n'éprouviez quelque obstacle de la part de mademoiselle. Mes affaires me rappellent à Versailles, où j'espère un jour voir le plus charmant couple de la France. Le chevalier répondit modestement, et comme ne se croyant pas digne d'un si grand bonheur ; mais le père, la mère et Rosalie l'en crurent tellement digne, que le mariage fut conclu avant huit jours. J'ai pris, dit M. de Francheville en signant le contrat, le nom de cette terre... — Elle sera toujours à vous, dit le chevalier en le serrant dans ses bras : trop heureux de partager mon nom avec vous, vous devenez mon père, et vous m'accordez un bien que je ne puis payer qu'en vous consacrant ma vie.

———

L

LA VEUVE

ET

LE CÉLIBATAIRE.

LA VEUVE.

DITES-MOI, mon cher vicomte, d'où peut venir cette espèce d'aversion pour un lien qui, dans tout pays, semble être le vœu de la nature?

LE CÉLIBATAIRE.

Dites-moi, madame, ce qui a pu vous engager à prendre successivement trois, et peut-être bientôt un quatrième mari?

LA VEUVE.

Ah! pour ce dernier, rien n'est moins sûr. Mais commencez par me dire vos raisons bonnes ou mauvaises, et je vous promets de vous dire les miennes. Depuis vingt ans au moins que nous sommes amis, nous nous devons une confiance mutuelle, et la dissimulation ne doit pas avoir lieu entre nous.

LE CÉLIBATAIRE.

De tout mon cœur. Je vais vous faire ma confession générale, en attendant la vôtre.

LA VEUVE.

Je vous promets la même sincérité.

LE CÉLIBATAIRE.

Je ne vous dirai rien de mon enfance ni de mon adolescence. Une bonne qui me gâtoit, un précepteur qui ne m'apprenoit pas grand'chose, un gouverneur qui, en bâillant, me répétoit des lieux communs de morale, et qui vouloit me donner de l'importance afin d'en avoir lui-même : voilà à peu près tout. Je me trouvai de très-bonne heure libre, riche, et tenant à beaucoup de gens considérables. Mes parens vouloient me marier ; les uns, à une fille de grand nom n'ayant rien ; les autres, à une fille de finance très-riche : mais me piquant d'être déja une espèce de philosophe, à vingt ans j'étois bien persuadé que je

L ij

n'aurois pas besoin de conseils, relativement au parti que je devois prendre.

Je fus initié dans tous les cloubs ; j'eus des jockeis anglois, les plus beaux chiens danois, et des loges à tous les spectacles. Je fis un cours de chimie, de physique et de magné-tisme animal. On parloit de mon cuisinier avec éloge, de ma petite maison avec engoue-ment, et de la déesse qui en faisoit les hon-neurs avec enthousiasme. On étoit dans l'en-chantement de mon cabinet de tableaux ; je n'en voulois que de très-connus dans la curio-sité. Je voulus aussi avoir un cabinet d'histoire naturelle, que je n'ai jamais vu qu'en passant.

LA VEUVE.

Ah! la bonne folie! voilà des aveux char-mans.....

LE CÉLIBATAIRE.

Je vous ai promis vérité, mais vous me rendrez la pareille....

LA VEUVE.

Je vous le jure; allons au fait.

LE CÉLIBATAIRE.

Mes cabinets ne m'amusoient pas plus que ma superbe bibliothèque ; ma maîtresse me trompoit, et mes intimes amis me ruinoient au jeu. Je finis par m'ennuyer mortellement. Je fis plusieurs voyages, d'où je revins tout aussi instruit que j'étois avant de partir. Ne sachant plus que faire, je pris la résolution de me marier.

LA VEUVE.

Quoi ! ce projet vous a passé par la tête ?

LE CÉLIBATAIRE.

Oui, en vérité ; mais je voulois une femme qui eût des principes et beaucoup de sentiment.

LA VEUVE.

Rien n'est plus facile à rencontrer.

LE CÉLIBATAIRE.

Pas tant, madame, pas tant. Je voyois l'une plus attachée à son perroquet ou à son épagneul qu'à son intime ami, prenant des sensations pour du sentiment, donnant sans examen, ne payant pas ses dettes, et se perdant dans des discours de métaphysique sentimentale ; l'autre , avec un air austère , prenoit la sévérité pour la morale ; une autre se piquoit d'anglomanie , ne voulant que des miss pour femmes-de-chambre , disant qu'il falloit surtout avoir un grand caractère , et que fût-il diabolique , cela valoit mieux que d'être tout simplement une bonne femme ; une autre auroit volontiers sollicité un gouvernement pour son coiffeur, et un *bon* de fermier général pour sa marchande de modes.

Je crus un moment avoir enfin trouvé ce que je cherchois. Une jeune veuve me parut réunir les qualités que je desirois trouver. Elle avoit fort bien vécu avec un mari très-maussade; et il me sembloit que je ne lui déplaisois pas, quand un homme qu'elle n'avoit jamais vu que deux ou trois fois vint se présenter : j'étois plus riche que lui , et d'aussi bonne maison; mais il étoit marquis , je n'étois que vicomte : ma veuve me donna mon congé , et il eut la préférence.

Voilà , madame , ce qui fait que je suis et

serai probablement garçon toute ma vie. Con-
tez-moi à votre tour ce qui vous a déterminée
à vous marier trois fois ; je ne conçois pas
trop ce goût pour le nœud conjugal.

LA VEUVE.

Vous savez que mon père ayant gagné des
biens immenses dans les affaires, me destinoit un grand nom; mais la mort l'enleva au
milieu de ce beau projet : et ma mère, qui
étoit la meilleure femme du monde et qui me
regardoit comme un phénix, me laissoit faire
tout ce qui me plaisoit. Il se présenta bientôt
des partis de toute espèce. N'ayant jamais lu
que des romans, je me mis en tête d'en réaliser un. Je voyois souvent un jeune chevalier
de la plus jolie figure possible, et qui n'avoit
exactement rien qu'un brevet à la suite d'un
régiment; il trouva si bien l'art de me plaire,
que je me décidai pour lui. Ma mère me fit,
sur ce choix, les plus belles représentations.
Je lui répondis en pleurant, que je mourrois
si elle ne m'accordoit pas mon amant; cela

lui ferma la bouche. J'épousai mon joli chevalier, à qui je fis tous les avantages possibles. Les premiers mois se passèrent en beaux
sentimens, que j'étois bien persuadée qui ne
finiroient jamais. Je m'apperçus bientôt que
je m'étois trompée. Je perdis ma mère ; et
mon chevalier, maître de la plus grande partie
de ma fortune, s'ennuyant de ma belle constance, devint libertin et gros joueur. Il eut
une querelle avec un officier de son régiment, qui fit de moi une jeune veuve à moitié
ruinée. Je payai les dettes de mon mari, ce
qui me donna la réputation d'une femme à
grands sentimens ; et me trouvant réduite à
à vingt-cinq ou trente mille livres de rentes,
je crus que j'aurois à peine de quoi vivre, et
cela me détermina à épouser un riche mil-
lionnaire, qui me procura la plus grande
abondance; mais son nom ne flattant pas ma
vanité, je devins triste et vaporeuse. Apparemment que je lui communiquai ces vapeurs, car il en fut attaqué de manière qu'au

bout d'un an il en mourut, me laissant toute sa fortune.

LE CÉLIBATAIRE.

C'étoit le cas de rester veuve.

LA VEUVE.

J'en conviens, mais je voulois avoir un beau nom; et ce desir me détermina à épouser un vieux marquis goutteux et à moitié ruiné, qui me laissoit la plus grande liberté, pourvu qu'il eût une bonne table et des ouvriers à sa terre. Je l'ai perdu depuis deux ans, et me voilà encore veuve.

LE CÉLIBATAIRE.

Et sans projet?.... Souvenez-vous que vous m'avez promis vérité.....

LA VEUVE.

Il faut donc vous avouer tout. J'ai actuellement la manie d'être titrée; mais en calculant ma fortune, j'ai vu qu'elle ne passoit pas un million : on auroit jadis pu avoir un tabouret pour ce prix-là , mais aujourd'hui cela est devenu trop cher. Je suis, dans cet

instant, en balance pour savoir si je me jet-
terai dans la société des philosophes, ou dans
celle des dévotes de profession.

LE CÉLIBATAIRE.

Coyez-moi, choisissez la dernière ; cela est
plus sûr pour arriver à vos vues.

LA VEUVE.

Je le pense ainsi. Mais dites-moi, vicomte,
êtes-vous bien déterminé à rester garçon toute
votre vie ?

LE CÉLIBATAIRE.

Une seule chose peut-être me feroit changer d'avis ; et tout bien compté, si je trouvois
une femme qui ne fût ni prude, ni coquette,
ni philosophe, ni dévote, qui se contentât
de ce qu'on nomme la vie commune, et sur-
tout qui ne fût pas sujette aux maux de nerfs,
peut-être......

LA VEUVE.

Allez, mon cher ami, vous mourrez garçon.

———

LES ILLUMINÉS,

COMÉDIE

EN UN ACTE ET EN PROSE.

ACTEURS.

LE COMTE DU VIEUX ROC, ancien militaire, chevalier de Saint-Louis.

LA COMTESSE sa femme, illuminée

JULIE, parente et pupille de la comtesse, riche héritière orpheline.

DORVAL, jeune colonel, neveu du comte, et amoureux de Julie.

CLÉANTE, jeune homme à la mode, illuminé.

ROSAMIEL, jeune médecin, illuminé.

Mlle BABIOLE, marchande de modes.

HENRIETTE, femme-de-chambre de la comtesse.

JACQUES, jardinier.

JACQUELINE sa mère, et nourrice de la comtesse.

La Scène est à la maison de campagne du Comte.

———————

SCÈNE PREMIÈRE.

LE COMTE DU VIEUX ROC, DORVAL.

LE COMTE *serrant la main de son neveu.*

Je suis enchanté de te revoir, mon cher neveu : tu as rempli le devoir d'un brave gentilhomme, d'un François en un mot. Je reconnois mon sang : embrasse-moi encore. Mon ami, voilà comme on se conduisoit à la guerre de mon temps.

DORVAL.

Vous m'avez appris de bonne heure ce que c'étoit que l'honneur : vous m'en avez montré la route, et j'espère que je ne m'en détournerai jamais.

LE COMTE

J'en suis caution, mon ami.

DORVAL.

Je veux travailler toute ma vie à mériter vos bontés et votre amitié.

LE COMTE.

Tu peux y compter. Ce n'est, ma foi, pas une chose commune dans ce siècle et à ton âge, de n'être ni dissipateur, ni joueur; c'est presque un ridicule, morbleu !

DORVAL.

J'adopte celui-là. Peut-on voir ma tante?... et... Julie?...

LE COMTE souriant.

Et Julie?... Je t'entends, mon cher Dorval, et qui plus est je t'approuve. Julie est, ma foi, une charmante fille, et qui sera une riche héritière.

DORVAL.

Ah ! sa fortune n'est pas ce qui m'attache à elle.

LE COMTE.

Cela ne gâte rien; il en faut pour faire son chemin : la tienne sera belle et bonne, tu peux t'en rapporter à moi. Ton notaire a-t-il enfin vendu cette vieille maison, dont je t'ai conseillé de te défaire ?

DORVAL.

Oui, et même assez bien; il m'a écrit que l'argent étoit chez lui.

LE COMTE.

J'en suis fort aise : elle nous ruinoit en réparations. Il faudra replacer cet argent en terres.

DORVAL.

C'est mon projet. Mais, mon oncle, croyez-vous que je puisse espérer que ma tante n'ait pas pour Julie quelques vues d'établissement? Ah! cela me cause de cruelles inquiétudes!...

LE COMTE.

Ma foi, mon ami, j'ai fait ce que j'ai pu pour pénétrer les intentions de ma femme sur tout cela, sans pouvoir y parvenir. Tu sais que Julie, orpheline à l'âge de huit ans, a été confiée à la comtesse sa parente, par le testament du père et de la mère, pour prendre soin de son éducation, de sa fortune, et de son établissement. Julie, grace à Dieu, n'a pas donné dans les chimères qui occupent ma femme; mais elle a pour elle le respect et la déférence que la comtesse mérite à beaucoup d'égards : nous aurons besoin de son approbation, et les termes du testament.... Il faut convenir qu'elle a bien géré la fortune de sa pupille.

DORVAL.

Je le crois; ma tante a de l'esprit, et des principes.....

LE COMTE.

D'accord ; mais sa maudite société lui a tourné la tête. Ils sont une vingtaine qui prétendent être illuminés, deviner toutes les pensées des autres, guérir toutes les maladies par signes; ils se parlent de mille lieues, et tout cela par des rapports d'ames, d'atômes, de... que sais-je? cent autres folies qu'ils débitent très-sérieusement; ils ont des assemblées, cela s'appelle tenir loge.

DORVAL.

C'est un amusement de gens qui, au fond, regardent tout cela comme une plaisanterie.

LE

LE COMTE.

Ils traitent ces matières très-sérieusement.
Tu as connu le comte Théophile?

DORVAL.

Beaucoup. Nous avons servi ensemble;
c'est un excellent officier.

LE COMTE.

Hé bien! il a quitté son régiment pour aller
à Pékin, afin d'apprendre le chinois, et rapporter je ne sai quel élixir dont chaque goutte
rajeûnit de dix ans....

DORVAL.

Quel conte!

LE COMTE.

On me l'a assuré; et ma femme croit tout
cela, parce qu'il est le chef des illuminés.

DORVAL.

Avec autant d'esprit et de raison, comment
ma tante....

LE COMTE.

Tout son appartement est devenu un cabi-

M

net de chimie, d'électricité, de magnétisme. Notre jeune voisin Cléante, destiné à une profession grave et respectable, est un de ses collègues, ainsi que ce petit docteur Rosamiel, ce médecin à la mode : cela me fait souvent enrager ; mais je tolère ces folies, dans l'espérance de déterminer ma femme à t'accorder notre chère Julie.

DORVAL.

Combien je vous dois de reconnoissance ! Au reste, mon oncle, cet amusement empêche souvent une femme de faire d'autres dépenses......

LE COMTE.

Point du tout (pour la mienne au moins). Les marchandes de modes et à la toilette, vont leur train. J'ai déja payé deux fois les dettes de la comtesse ; mais je lui ai bien signifié qu'à la troisième rechûte, elle verroit beau jeu : le couvent sans miséricorde.

DORVAL.

Ah, mon oncle ! vous ne ferez jamais un

tel éclat, votre bon cœur en gémiroit ainsi que le mien.

LE COMTE.

Je suis las de tout cela.

DORVAL.

Vous desirez sûrement mon bonheur.

LE COMTE.

Ah ! je t'en réponds, mon ami.

SCÈNE II.

LE COMTE, DORVAL, JULIE.

JULIE au comte.

J'AI appris le retour de M. votre neveu, et je viens vous faire mon compliment.

(Elle fait une grande révérence à Dorval.)

LE COMTE.

Je vous en suis obligé , ma chère Julie ; il mérite qu'on s'intéresse à lui, n'est-il pas vrai ?

M ij

JULIE avec embarras.

Monsieur... est certainement... estimable.

DORVAL.

Ah, charmante Julie! si vous saviez à quel point je desire de mériter votre estime....

JULIE.

Je suis flattée,.... monsieur.....

LE COMTE.

Cela est tout naturel.... Mais on s'embrasse quand il y a long - temps qu'on ne s'est vu : vous êtes presque parens.

DORVAL lui baise la main.

Je n'osois pas, mademoiselle...

LE COMTE.

Fort bien : voilà les belles manières; je n'y trouve pas à redire. (à Julie) A çà, mon enfant, car je vous aime comme si vous l'étiez, dites-nous avec franchise si vous n'avez rien découvert relativement aux projets de ma femme pour votre établissement ; il est temps d'y songer : vous avez bientôt vingt ans.....

Vous savez comme j'aime ce cher neveu ;
mais ma femme.....

JULIE.

J'ignore, monsieur, quels sont les projets
de madame la comtesse ; mais je dois suivre
ses conseils : telles ont été les dernières volontés de mon père et de ma mère.

LE COMTE.

Si elle laissoit notre chère Julie maîtresse
de son choix, pourrions-nous espérer?...

JULIE avec le plus grand embarras.

Monsieur...... je ne puis répondre......
(avec vivacité.) Mais vous voulez m'embarrasser,
adieu. (Elle l'embrasse et s'enfuit.)

LE COMTE riant.

Fort bien ! à merveille ! j'appelle cela répondre, moi. Hé bien, mon ami, tu vois que
nous pouvons espérer : je connois le sexe.

DORVAL.

Hélas ! mon oncle, j'ignore encore si je
puis me flatter.... Julie....

M iij

LE COMTE.

Elle t'aime, c'est moi qui te le dis ; je m'en
étois déja apperçu. Quand je lisois tes lettres,
je lui voyois une certaine attention ; le détail
de tes succès l'embellissoit : ha, ha, rien ne
m'échappe.

DORVAL.

Non, rien n'égaleroit mon bonheur, si cette
adorable Julie... Mais peut-être ma tante...
ah !

LE COMTE.

Ecoute, mon ami, tu es trop épris pour
arranger tout cela, laisse - moi faire : ma
femme, il est vrai, ne m'obéit pas toujours ;
mais, morbleu, il est des circonstances......
Quant à Julie, je n'en suis pas en peine.

DORVAL.

Il est important de ménager la sensibilité
de madame la comtesse. Sans son consentement, jamais Julie, non jamais elle ne se
décidera.

LE COMTE.

Les amans sont toujours entre la crainte et l'espérance : voilà comme j'étois dans ma jeunesse, cependant je n'y mettois pas tant de valeur. Au reste, mon ami, ne t'inquiètes pas, je trouverai des moyens.... Ah! voilà Jacques à qui j'ai des ordres à donner : va voir ma femme, parle-lui chimie, métaphysique.

DORVAL.

Je n'y entends rien.

LE COMTE.

N'importe, parles-en toujours.

(Dorval sort.)

SCÈNE III.

LE COMTE, JACQUES son jardinier.

LE COMTE.

Hé bien, Jacques, comment vont nos fruits, nos légumes? en aurons-nous pour cet hiver?

JACQUES.

Queuque peu, monsieur; mais ça n's'ra pas de garde.

LE COMTE.

C'est tous les ans la même chanson. Il faut, Jacques, renouveler mon grand carré d'asperges; et dans l'arpent de terre qui est en luzerne, planter de beaux arbres fruitiers, qui, quand ils seront venus, préserveront mon potager du vent du nord. Hem! cet arrangement n'est pas mal vu, maître Jacques?

JACQUES.

C'est ben imaginé, monsieur, mais...

LE COMTE.

Mais... Que veux-tu dire avec ton mais?...

JACQUES.

Ça veut dire qu'ou êtes deux pour l'endroit de ce terrain-là.

LE COMTE le contrefaisant.

Qu'ou êtes deux.... Est-ce qu'il y a deux maîtres ici?

JACQUES.

Y ce pourroit ben qui n'y en eût qu'un.
T'nez, monsieur, v'là dix fois que j'l'orgne,
tout en travaillant et faisant semblant de
rien, madame, avec M. Cléante, ce jeune
seigneur qu'est si savant : ils vous ont des rè-
gles, des compas, des papiers; j'les entends
qui disions : ça peut faire là une rivière avec
un puits et une pompe; ça f'ra un vallon;
ça est pour des rochers, et puis là des biaux
arbres des Antipodes qu'ont toujours du feuillage; et puis et puis, que sais-je moi? V'là
c'que j'ai vu et entendu d'mes deux oreilles.

LE COMTE.

Oui-dà ! c'est-à-dire que ma femme veut
faire de mon potager un jardin à l'angloise,
et mettre à la place de mes bons poiriers et
de mes belles pêches, des cailloux, de l'eau
bourbeuse et des catalpas. Fort bien ! ho,
ho, cela ne sera ma foi pas. Ecoutez, mons
Jacques, je vous défends de donner un coup

de pioche, ni d'arracher le plus petit arbre sans ma permission.

JACQUES.

C'est ben entendu, monsieur.

LE COMTE.

Et je vous ordonne de me rendre compte de tout ce que vous entendrez, de tout ce que vous verrez.

JACQUES.

Oui, monsieur.

LE COMTE.

De ce que tu pourras deviner.

JACQUES.

Oui, monsieur.

LE COMTE.

Tu as de l'esprit, tu es fin.

JACQUES.

Oh qu'oui, monsieur.

LE COMTE.

Sans en parler à personne qu'à moi.

JACQUES.

Non, monsieur.

LE COMTE.

Sans trop paroître écouter, prête l'oreille,
et rends-moi un compte fidèle.

JACQUES.

Oui, oui, monsieur est si bon maître.

LE COMTE en sortant.

N'oublie rien de ce que je t'ordonne.

JACQUES.

Ah! n'ayez pas peur, note maître.

JACQUES seul.

Pargué! mon ami Jacques, te v'là, comme
dit le proverbe, entre le fer et l'enclume.
M. le comte est bon maître, y paie ben ses
serviteurs. Madame est itout bonne maitresse,
généreuse; a ne prend garde à rien, a m'donne
ben pour boire quand j'li portons un bouquet,
et je ne l'en laissons pas manquer. Comment
faire pour arranger la chèvre et les choux?
D'abord, bouche close; après ça... après ça...
Faut consulter maneselle Henriette; c'est une
brave fille de chambre, alle a l'oreille de tout
le monde. Ah! pardi, la v'là comme de cire.

SCÈNE IV.
JACQUES, HENRIETTE.

HENRIETTE.

JE vous cherchois, monsieur Jacques, pour vous dire que vous attendiez madame ici ; elle veut vous parler.

JACQUES.

C'est ben d'l'honneur qu'a m'fait, maneselle Henriette, et vous tout de même. T'nez, chacun vous d'mande conseil, c'est toujours à maneselle Henriette que j'nous adressons.

HENRIETTE.

Vous êtes bien honnête, M. Jacques.

JACQUES.

Ah! point du tout, maneselle ; c'que j'vous disons part de là (Il met la main sur son cœur), voyez - vous. T'nez, je m'trouve dans l'embarras ; si d'vot' grace vous vouliez me bailler un bon conseil, ça m'f'roit plaisir.

HENRIETTE.

De tout mon cœur : de quoi s'agit-il, Jacques ?

JACQUES.

Attendais que j'arrange ça... Par exemple, maneselle, supposons qu'ous êtes jardinier, qu'ous avez d'bons maîtres, qu'ous êtes honnête homme.

HENRIETTE.

Fort bien, me voilà jardinier; après?

JACQUES.

Vot' maître veut des asperges, des arbres à fruits, des légumes.

HENRIETTE.

A merveille ; je suis de son avis.

JACQUES

Vot' maitresse, qu'est la dame , veut des roches, des arbres des Antipodes, des rivières v'nant d'un puits, des montagnes, des vallées, et tout ça dans l'même terrain, qui n'a deux

arpens.... Là, maneselle, qu'est qu'vous fe-
riez? qu'est qu'vous diriez? c'est embarras-
sant.

HENRIETTE.

Je vous entends, M. Jacques; si j'étois à
votre place....

JACQUES à part.

Alle a d'viné : tatigué qu'alle a d'esprit!

HENRIETTE.

Je cultiverois bien mon jardin.

JACQUES.

C'est pas tout-à-fait là un conseil, maneselle
Henriette. Ah! pardi v'la madame.

Henriette se retire. Jacques lui
fait signe de rester.

———

SCÈNE V.

Mme LA COMTESSE, JACQUES.

LA COMTESSE.

Bon jour, mon ami Jacques, comment vont vos travaux?

JACQUES.

Madame tout ça va ben d'vot' grace ; quand on a d'bons maîtres et qu'on est honnête homme, ça va toujours.

LA COMTESSE.

Je suis bien sûre de votre probité, ainsi que de votre discrétion ; il faudra pourtant songer à te marier : j'ai un bon parti en vue ; je ferai les frais de la nôce, mon ami Jacques.

JACQUES.

Ah ! comme madame est dont bonne ! c'est sûr que quand on reviant le soir de son tra-

vail, on s'roit ben aise de trouver queuqu'un :
ça n'fait pas d'tort aux veignes....

LA COMTESSE.

Sans doute, une bonne ménagère, qui aime bien son mari : nous arrangerons tout
cela au printemps prochain. Dans ce moment-
ci, je t'ai fait venir pour te communiquer un
plan que tu exécuteras cet hiver ; mais il faut
répondre à ma confiance par la plus grande
discrétion.

JACQUES.

Pardi ! c'est-là mon fort.

LA COMTESSE.

Mais que mon mari ne s'en doute pas.

JACQUES.

Vraiment, les maris ne savent pas ben souvent, sur-tout les seigneurs.

LA COMTESSE.

Je n'exige de toi rien qui ne soit fort honnête.

JACQUES.

C'est toujours mieux.

LA

LA COMTESSE.

Voilà le plan que j'ai imaginé et dessiné, pour avoir un jardin délicieux, au lieu de ces ennuyeux arbres que mon mari a la fureur de faire planter. Quand cela sera fait, il en tombera lui-même dans l'enchantement.

JACQUES étonné.

Monsieur le comte s'ra dans l'enchantement ?

LA COMTESSE.

Certainement.

JACQUES.

Pardi ! c'est pas moi qui l'auroit d'viné. Ah ! dès que monsieur s'ra dans l'enchantement, c'est bon : ça veut dire que ce jardin le surprendra, comme si ça tomboit du ciel.

LA COMTESSE.

Vraiment oui. Je te charge, mon ami Jacques, aussitôt que nous serons partis, de presser les ouvriers et d'avoir l'œil à tout ; je te fais chef de l'entreprise. M. Cléante, notre voisin, viendra toutes les semaines pour

N

diriger mon plan avec toi; et à mon retour, nous nous occuperons de ton établissement. Mais chut!

JACQUES.

Ah! que madame ne s'embarrasse pas. (à part.) Monsieur s'ra dans l'enchantement!

LA COMTESSE.

C'est-là, mon ami Jacques, ce que j'avois à te dire; retourne à ton ouvrage : tiens, voilà pour boire.

JACQUES s'en allant.

C'est ben d'l'honneur qu'madame me fait : motus sur tout ça. (Il sort.)

LA COMTESSE seule.

J'ai mis Jacques dans mes intérêts. La cruelle chose que de manquer de goût! Si j'avois laissé faire mon mari, cette maison ne seroit pas supportable. Mais notre cher docteur tarde bien à arriver : voilà l'heure où il doit se rendre ici avec Cléante; ah! je les vois ces chers amis. (Au laquais qui annonce.) Dites qu'on nous laisse. Bon jour, mes amis, nous avons bien des choses à nous dire : deux mortels jours sans nous rassembler! Asséyons-nous.

SCÈNE VI.

LA COMTESSE, CLÉANTE en habit du matin, LE DOCTEUR ROSAMIEL vêtu galamment.

LA COMTESSE.

Hé bien, mon cher docteur, qu'avez-vous fait depuis que je ne vous ai vu? êtes-vous toujours accablé de malades?

LE DOCTEUR.

Ah! prodigieusement. Cléon me fait tourner la tête; il est plus jaloux que jamais.

CLÉANTE riant.

Et jaloux de sa femme?

LE DOCTEUR.

De sa femme. Je lui ai ordonné les calmans, et la lecture des contes de Bocace.

N ij

LA COMTESSE.

Et notre ancienne beauté, la belle Argénie?

LE DOCTEUR.

Je la tiens au lait d'amandes, et ne lui permets de se montrer qu'aux lumières : cela a calmé son spasme ; je lui ai promis de rappeler sa fraîcheur, mais avec le temps.

LA COMTESSE.

La chose est très-possible.

CLÉANTE.

Sûrement ; et si la chimie fait encore quelques pas, comme il y a lieu de l'espérer....

LE DOCTEUR.

N'en doutez pas.

LA COMTESSE.

Le plus difficile est fait, je vous en réponds.

CLÉANTE.

Certainement.

LA COMTESSE.

Laissons revenir notre cher Théophile de son voyage de Chine ; il nous rapportera des recettes sûres pour toutes les maladies.

CLÉANTE.

Je le crois; Théophile est un homme rare,

LE DOCTEUR.

Et très-éclairé. Imaginez-vous qu'il existe des gens qui le blâment d'avoir quitté le service pour faire cet important voyage?

LA COMTESSE.

Je crois tout de ces petits esprits à préjugés, de ces têtes étroites.

CLÉANTE.

Je suis persuadé que le comte, par exemple, et peut-être Dorval.....

LA COMTESSE.

Ah! aussi je me suis bien promis de n'en jamais parler devant eux.

LE DOCTEUR.

C'est le parti le plus sage. Avez-vous trouvé le moment de jaser avec Théophile?

LA COMTESSE.

Oui; hier au soir, j'eus heureusement une heure à moi; je m'enfermai dans mon cabinet des intelligences sentimentales.....

N iij

CLÉANTE vivement.

Hé bien, madame, que fait notre ami? que vous a-t-il dit? où est-il dans ce moment?

LA COMTESSE.

Il a quitté Canton, il est sur la route de Pékin.

CLÉANTE.

Qu'il est heureux !

LE DOCTEUR.

Combien il va voir de Chinois !

LA COMTESSE.

Il commence à entendre la langue, et est, comme vous pouvez le croire, enchanté des lois, des usages, des plantes, des animaux, et sur-tout des médecins ; il me fait espérer d'en ramener un avec lui. Ah! quel bonheur si je puis donner à souper à un docteur Chinois !

CLÉANTE.

Il fera ici la plus brillante fortune.

LE DOCTEUR d'un air d'ironie.

N'eût-il que son habit.

LA COMTESSE.

Les Chinois sont très-instruits.

LE DOCTEUR.

Ce que j'en dis est sans jalousie : vous savez que je ne traite guère que les maladies relatives au moral ; je laisse le physique à la faculté.

LA COMTESSE.

Vous avez saisi le vrai point, le point capital.

CLÉANTE.

J'en suis persuadé ; et la bonne compagnie sur-tout ne demande pas à être traitée comme le peuple.

LE DOCTEUR.

Sûrement. Entre nous, les gens du grand monde ne sont réellement malades que de chagrin ou d'ennui : delà les vapeurs, les maux de nerfs.

LA COMTESSE.

A qui le dites-vous, mon cher docteur? Ah! il est vrai que les éternelles contradictions du comte, et la nécessité d'entendre les propos de certaines sociétés......

CLÉANTE.

Oui, ces êtres qui croient toutes les chimères de nos vieux parens, et qui doutent de cette heureuse affinité d'ames, de ce langage sentimental, qui nous fait communiquer nos pensées d'un pôle à l'autre.

LA COMTESSE.

Rien n'est cependant plus facile à comprendre, quand on a une volonté bien décidée.

LE DOCTEUR.

Et ce rapprochement rapide et successif des atômes qui remplissent l'espace, et qui....

CLÉANTE.

Ah, docteur! vous me permettrez de n'être pas de votre avis : cet effet est sur-tout dû à la vertu du magnétisme animal.   '

LE DOCTEUR.

Fi donc! chimère que votre magnétisme!

CLÉANTE piqué.

Cette chimère, monsieur, vaut, elle seule, toutes vos prétendues découvertes.

LE DOCTEUR ironiquement.

Il est vrai que c'est un stimulant adoucissant......

LA COMTESSE.

Cela est contradictoire, docteur....

LE DOCTEUR.

Je veux dire que c'est un stimulant au physique et un adoucissant au moral.

CLÉANTE.

Quand cela seroit, je n'en vois pas le danger.

LA COMTESSE.

Il ne faut jamais rien négliger; j'avoue que sans en avoir éprouvé de très-grands effets, cette découverte m'a paru......

LE DOCTEUR.

Quoi! madame la comtesse est initiée?...

LA COMTESSE.

Tout ce qui tient à certaines sciences....

LE DOCTEUR.

Pour celle-là, je ne vois pas à quoi elle peut conduire.

CLÉANTE vivement.

A tout , monsieur le docteur : rien n'est plus lumineux ; c'est le vrai systême de l'univers , le mobile de toutes choses , par les moyens les plus simples , les plus analogues aux êtres créés, et qui conduit le plus sûrement à cet état de santé inaltérable , d'où résulte la félicité des individus répandus sur le globe.

LE DOCTEUR.

Ha ! ha ! ha ! voyez ce que produit l'engouement....

LA COMTESSE.

L'engouement, l'engouement est un mot,

CLÉANTE.

Qui ne signifie rien.

LE DOCTEUR.

Qui dit beaucoup. Si vous me parliez de la vertu électrique, par exemple, on connoît ses effets.

CLÉANTE.

Ah! pour des effets, je suis à portée d'en citer des plus étonnans et des mieux constatés.

LA COMTESSE.

Effectivement, on en raconte des cures étonnantes,

CLÉANTE.

Et toutes prouvées. Je ne dis pas que l'électricité n'ait aussi un mérite; mais le magnétisme animal, malgré l'opinion de M. le docteur.....

LE DOCTEUR.

Je crois avoir prouvé géométriquement ce que j'avance, dans un certain ouvrage....

CLÉANTE.

Qui a été très-géométriquement réfuté par un anonyme....

LE DOCTEUR.

Cet écrit n'a pas le sens commun; je l'ai parcouru.

CLÉANTE très-piqué.

Qu'appelez-vous n'avoir pas le sens commun? Apprenez, M. le docteur, que cet ouvrage....

LA COMTESSE.

Hé, messieurs, ne vous échauffez pas tant : songez que notre système philosophique ne permet pas à notre société de suspendre la juste admiration que nous nous devons mutuellement : contentons-nous de mépriser les ineptes qui n'ont pas le bonheur de croire et de partager nos lumières. A parler vrai, vous vous trompez tous deux; et ce qui produit véritablement ce rapprochement d'ames, cette espèce de combinaison de deux individus, qui peuvent s'entendre d'un bout du monde à l'autre, n'est autre chose qu'un certain sentiment de convention exalté à certain point, et communiqué par la réaction du feu central répandu sur notre globe.

CLÉANTE.

Je conçois cela, par exemple : voilà ce qui s'appelle raisonner.

LE DOCTEUR.

Cependant, madame la comtesse, il me semble que.....

LA COMTESSE.

Croyez ce que je vous dis, mon cher docteur ; j'ai tout calculé ; je viens encore de découvrir un certain manuscrit du célèbre Nicolas Flamel, que je suis occupée à commenter, qui prouve.....

LE DOCTEUR.

Un manuscrit de Flamel?

CLÉANTE.

De ce roi des Adeptes?

LA COMTESSE.

De lui-même, de sa propre main. Cette pierre philosophale, dont l'imbécille vulgaire plaisante, est la plus petite chose du monde; et quand je voudrai m'en occuper..... Mais j'attends les simples que doit me rapporter Théophile, et qu'on ne trouve que sur une certaine montagne de Chine : c'est alors que nous serons sûrs d'un élixir qui peut faire

vivre des siècles... et peut-être.... je ne dis
pas tout.

CLÉANTE.

Quel plaisir de faire de l'or ! mais il faut
tenir la chose secrette.

LA COMTESSE.

Sur-tout vis-à-vis de mon mari, qui craint
la plus petite dépense, et qui n'appercevroit pas
le bien qui peut résulter de nos découvertes.

LE DOCTEUR.

Il est des gens qu'on ne peut persuader.

CLÉANTE.

Je me chargerai des avances nécessaires.

LA COMTESSE.

A mon retour à Paris, nous avertirons nos
initiés, afin de tenir loge : mon discours est
tout prêt.

LE DOCTEUR.

Il doit être sublime?

CLÉANTE.

Comme tout ce que fait notre inimitable
comtesse.

LA COMTESSE.

Nous jaserons plus en détail sur tout cela : voilà l'heure où Julie doit se rendre ici ; j'ai à lui parler en particulier.

CLÉANTE.

Elle est en vérité très-jolie , mais je dis très-jolie.

LA COMTESSE.

Je suis enchantée que vous la trouviez telle. Hélas ! la pauvre enfant, j'ai bien de la peine à former son esprit : elle aura, je crois, soin de sa maison, de ses enfans ; mais..... elle écoute trop certaines personnes, pour que la lumière parvienne jusqu'à elle.

LE DOCTEUR.

Cela est fâcheux.

CLÉANTE.

Tout le monde n'est pas né pour appercevoir cette lumière, comme certaine femme.... Adieu, sublime comtesse , rare et précieux ami.

(Il lui baise la main et sort avec le docteur.)

LA COMTESSE seule.

Théophile a renoncé au mariage ; il me l'a communiqué en quittant le port de Canton ; il veut éviter tout ce qui pourroit gêner sa liberté et contrarier ses goûts d'études : en vérité je ne puis le blâmer. Il faut prévenir Julie en faveur de Cléante ; car pour Dorval, ah ! ce garçon-là ne connoîtra jamais que son métier. Graces à nos connoissances, on ne peut rien nous cacher pour le présent ni pour l'avenir. J'apperçois Julie.

SCÈNE VII.

LA COMTESSE, JULIE.

JULIE.

VOILA, je crois, l'heure que vous m'avez indiquée, madame.

LA COMTESSE.

Oui, mon enfant, asséyons-nous ; j'ai bien

des

des choses à vous dire ; et votre bonheur (si le bonheur existe) m'est aussi cher que le mien.

J U L I E.

Vous me l'avez bien prouvé, et ma reconnoissance est sans bornes.

LA COMTESSE.

Il est temps, ma chère Julie, de songer à un établissement : vos parens m'ont chargée de ce soin : vous connoissez celui que j'ai pris de votre fortune, en qualité de tutrice; je vous aime comme ma propre fille, et je vous traiterai de même dans tous les temps.

J U L I E.

Ah, madame ! que ne vous dois-je pas pour les tendres soins que vous avez pris de mon enfance, pour ces marques d'amitié dont vous et monsieur le comte m'ont donné tant de preuves ! J'ai retrouvé en vous deux un père et une mère ; je ne puis payer tant de bienfaits que par le plus tendre attachement et une déférence sans bornes.

O

LA COMTESSE.

Oui, monsieur le comte s'intéresse à vous; mais vous savez, ma chère Julie, que c'est moi qui suis spécialement chargée de votre établissement; telles ont été les dernières volontés de votre père et de votre mère : de plus, croyez, mon enfant, que nous autres femmes savons infiniment mieux juger les caractères que les hommes ; ils n'ont pas ce coup-d'œil qui sait pénétrer les replis du cœur; la finesse du sentiment leur manque presque toujours; il en est cependant, mais ils sont si rares !

JULIE.

Je conçois, madame, de quelle importance il est, pour notre bonheur, d'être unie à quelqu'un qui nous aime et que nous puissions aimer et estimer.

LA COMTESSE.

Estimer, sans doute ; il est possible qu'on aime son mari, et c'est fort bien fait; mais croyez-en mon expérience, peu de maris ont l'art de rendre leur femme heureuse ; les beaux sentimens d'amour, dont on est revenu dans notre siècle, sont des chimères : le grand point est qu'un mari ait des égards pour sa femme, qu'elle jouisse de la plus grande liberté (sans en abuser bien entendu); que son mari, fût-il très-aimable, ne soit pas toujours à ses côtés, ce qui amène nécessairement l'ennui de l'uniformité : un mari qui ne calcule pas bourgeoisement la dépense de sa femme, qui n'exige pas d'elle de régler sa maison comme un commis. Le mari que je vous destine, ma chère Julie, n'aura aucun de ces travers; j'ai mûrement analysé son esprit et son cœur. Cléante est celui....

JULIE.

Cléante... ah, madame!...

LA COMTESSE.

D'où peut naître cet étonnement ? Cléante est jeune, riche, aimable, de bonne maison, et qui plus est, fort instruit.

O ij

JULIE.

Quoi ! madame, ma tendre mère, vous voulez me donner pour mari un dissipateur, un joueur, un homme enfin dont la conduite....

LA COMTESSE.

Qui a pu vous faire ces faux rapports ? quelqu'un sans doute intéressé à vous séduire. La conduite de Cléante est celle de tous les jeunes gens de bonne compagnie : quant au gros jeu, Cléante a l'ame trop élevée, trop d'amour pour les hautes sciences, pour se livrer à un vice aussi bas : un gros joueur est une espèce d'avare, et ce n'est pas le défaut de Cléante; je l'ai entendu déclamer contre cette vile passion, qu'il sait que je déteste. Cléante a des principes, beaucoup de sentiment : rapportez-vous-en à moi, ma chère enfant.

JULIE.

Je n'oublierai jamais tout ce que je vous dois. Oui, madame, vous serez toujours ma tendre mère; mais de grace n'exigez pas de moi un sacrifice qui feroit le malheur de ma vie : mon éloignement pour ce mariage est plus fort que je ne puis vous le dire.

LA COMTESSE.

De l'éloignement pour un homme qui pense aussi bien ! Je vois, ma chère Julie, que mon mari vous a gâté la tête, et que peut-être il voudroit vous donner un de ces hommes qui ne calculent que leur métier et le plat arrangement de leur maison. Quelle différence de celui dont l'ame exaltée voit à ses pieds les préjugés populaires, et ne veut s'entourer que d'êtres libres et pensans ! voilà le mari qu'il vous faut.

JULIE.

Je vous demande pardon , madame, mais je n'apperçois point le bonheur dans tout cela ; je le vois dans les égards mutuels d'une tendre amitié fondée sur l'estime, dans cette douce confiance qui, en nous faisant supporter les peines de la vie, les rend plus légères; je le vois dans l'amour de nos devoirs, le respect pour les choses reçues ; enfin, dans ce sentiment intime de deux ames qui n'en font qu'une.

LA COMTESSE.

A qui parlez-vous de sentiment, ma chère Julie ? hélas! c'est ce qui fait mon tourment; je ne puis envisager un malheureux, sans que mes nerfs.... Je crois avoir fait mes preuves sur l'amitié, l'humanité.....

JULIE.

D'après cette bonté , dont j'ai si souvent éprouvé les effets , vous ne voudriez pas que votre Julie fût malheureuse ?

LA COMTESSE.

C'est précisément pour cela que je veux vous donner un mari , qui ne vous fera jamais connoître ce mortel ennui que...

JULIE.

Quand on aime ses devoirs et l'occupation, on ne craint guère l'ennui.

LA COMTESSE.

Pauvre enfant! que vous connoissez peu le monde ! Quand je vous propose Cléante , soyez bien persuadée....

JULIE.

Ah ! de grace, n'affligez pas un cœur qui vous aime. Je vous le répète, un éloignement invincible....

LA COMTESSE se lève.

Fort bien, mademoiselle! voilà le fruit des mauvais conseils : voilà comme vous répondez à mes soins. Ah ! j'ai toujours prévu que mon extrême sensibilité feroit le malheur de ma vie.

———

SCÈNE VIII.

Les acteurs précédens, JACQUELINE.

JACQUELINE parlant au laquais qui veut l'empêcher
d'entrer.

Dame! i n'veut pas qu'j'entrions, ce ferlu-
quet..... (à la comtesse.) J'vous d'mandons ben
pardon, mais on m'dit toujours, madame n'y
est pas : au bout du compte, j'sommes la nourrice de madame, et c'est pas tout-à-l'heure,
car lia bentôt, attendez... c'étoit...

LA COMTESSE.

Que fait ce radotage? (à part.) La vieillesse
est insupportable! (haut.) N'a-t-on pas soin de
vous payer votre pension, nourrice?

JACQUELINE.

Pardi! madame, c'est pas là c'qui nous
chiffonne, c'est que j'sommes ben aise de vous
voir, comme notte nourrisson; et pis en vient

d'nous dire que ce bon seigneur, M. Dorval,
étoit arrivé, et qu'il étoit dans c'te chambre,
tout arrivant d'la guerre.

JULIE.

Il n'est pas ici, la bonne mère.

JACQUELINE.

Il y vianra peut-être?

LA COMTESSE.

Hé non, nourrice : voyez dans le parc....

JACQUELINE.

Faudroit avoir d'bonnes jambes; j'aimons
mieux l'attendre ici, ça n'vous gêne pas : la
nourrice est comme qui diroit d'la famille.

JULIE.

Oui, ma bonne. (bas.) Mais madame à quelque chose à me dire.

JACQUELINE.

C'est ben juste, maneselle Julie; je veux
vous conter c'que j'disions hier avec mon fils
Jacques, de c'bon mousieu Dorval, et pis de
vous, maneselle Julie....

LA COMTESSE.

C'est assez, nourrice, c'est assez....

JACQUELINE.

Pardi! faut ben que j'profitions du moment;
c'est que j'disions donc avec Jacques...

LA COMTESSE.

Ce bavadarge m'assomme.

JULIE.

Vous nous direz cela une autre fois, ma
bonne Jacqueline.

JACQUELINE.

J'ne nous plaignons pas d'vous, ma bonne
demoiselle; j'avons sur-tout le plaisir d'vous
voir, quand j'sommes incommodée ou malade; je ne dis pas ça comme un reproche au
moins.

LA COMTESSE.

On ne peut y tenir, cette femme est...

JULIE.

Soyez sûre, la bonne Jacqueline, que madame la comtesse ne vous abandonnera jamais.

JACQUELINE.

Dame ! j'avons nourri madame de notte propre lait. c'est qu'c'étoit le plus gentil nourriçon ! j'disions à notte curé....

LA COMTESSE.

Cela est insoutenable. Voilà mon attaque de nerfs qui va me prendre, j'ai besoin d'éther. (à Julie.) Vous viendrez me rejoindre dans un quart-d'heure. (Elle sort avec un air d'humeur.)

JACQUELINE.

En n'y comprend rien : t'nez, ma bonne demoiselle, ça m'fait d'la peine; j'aimerions mieux d'l'amitié que sa rente, voyez-vous.

JULIE.

Il ne faut pas que cela vous chagrine, ma bonne Jacqueline; madame la comtesse vous aime, mais elle est sujette à des vapeurs, des maux de tête.

JACQUELINE.

Je ne connoissons pas l'mal des vapeurs, pour l'autre c'est la migraine; j'ai pourtant eu ben soin d'sa nourriture : dame! si vous m'aviez vue dans c'temps-là, j'n'avions pas l'visage ridé ; sans m'vanter, j'aurions nourri un dauphin de France.

JULIE.

Je le crois, vous avez encore une physionomie qui revient.

JACQUELINE.

C'est ben d'la bonté d'votte part, maneselle Julie : si madame..... mais faut pas parler des maîtres, l'bon Dieu soit loué ! Chacun m'fait bonne mine ici : quand j'rencontrons mousieu le comte, c'est tout d'abord, bon jour nourrice, es-tu contente de ton garçon ? faut pas qui t'laisse manquer de légumes. Mais dame! c'est quand c'bon seigneur, mousieu Dorval, est revenu, y viant nous voir, y veut que j'aille dans sa chambre queuquefois l'matin ; c'est un bon fauteuil, c'est à déjeûner, et pis des écus de six livres, et pis y m'embrassions comme si j'étions sa pareille ; ah! l'bon Dieu l'bénira, maneselle Julie, c'est bien sûr.

JULIE.

Vous avez, ma bonne Jacqueline, un esprit naturel qui me charme; je vous écouterois toute la journée.

JACQUELINE.

Je l'disions souvent, avec mon fils Jacques, vous et mousieu Dorval....

JULIE.

Je veux que vous veniez aussi me voir, ma bonne mère. Ah ça, voilà l'hiver qui approche, il faut songer à vous bien conserver, éviter les fraîcheurs; attendez-moi là un moment, je vais revenir. (Elle sort.)

JACQUELINE seule.

Queu bonne ame què c'te maneselle Julie! en diroit qu'c'est elle que j'avons nourrie ; a n'détourne pas sa vue d'la vieillesse, ça me console : que ça f'roit un biau couple avec mousieu Dorval ! j'danserions à la noce, ça m'donneroit des forces.

JULIE revient avec un manchon, des gants, une pièce d'étoffe.

Tiens, ma bonne Jacqueline, voilà mon manchon et des gants bien chauds : voilà une pièce de toile d'Orange pour te faire un juste et un jupon, et de quoi payer la façon et la doublure, mais qu'elle soit bien ouattée ; quand tu auras besoin d'autre chose, je veux que tu t'adresses toujours à moi.

JACQUELINE essuyant ses yeux avec son tablier.

Ah ! ma bonne demoiselle, queu bonté ! c'est tout comme si vous étiez un ange sur terre.

JULIE.

Vas, ma bonne mère, tu me fais plus de plaisir que tu n'en éprouves: emporte tout cela.

(Jacqueline lui baise la main en pleurant, et sort.)

JULIE seule.

Combien il est aisé de rendre ces bonnes gens-là heureux ! quel plaisir elle m'a fait ! Dorval, que votre cœur est noble et sensible! Non, non, Julie ne peut aimer que vous…. mais madame la comtesse…. ah !

SCÈNE IX.

LE COMTE, JULIE, DORVAL.

LE COMTE.

Je vous cherchois, ma chère Julie : vous nous voyez dans le chagrin ; je viens d'avoir une conversation avec la comtesse, qui m'a mis dans une colère terrible. J'avois toujours ouï dire que la philosophie rendoit les hommes raisonnables, mais ma foi ce n'est pas la même chose pour les femmes. La mienne a la tête tournée depuis qu'elle fait des cours de science avec ses Illuminés : elle pourra bien à la fin me faire prendre un parti, dont elle se repentira. Elle se refuse, sans aucune raison, à accorder votre main à ce cher neveu qui vous adore.....

JULIE.

Madame la comtesse peut quelquefois se

tromper ; mais ses principes la rameneront toujours à ce qui est honnête, malgré ceux qui peuvent abuser de la bonté de son cœur : vous connoissez les soins qu'elle a pris de mon éducation et de ma fortune, dont le testament de mon père et de ma mère l'avoient chargée, (soupirant) ainsi que de mon établissement.

LE COMTE.

De votre établissement, d'accord... Mais si ce cher neveu n'obtient pas votre main, il en mourra.

DORVAL.

Oui, belle Julie! mon bonheur et ma vie dépendent de vous ; l'absence n'a jamais altéré ce tendre attachement que je vous ai voué : vous avez nourri et augmenté dans mon ame l'amour de la gloire ; et si j'ai eu quelques succès, je les dois en grande partie au desir de vous mériter. Ah! combien la vertu et la beauté ont de pouvoir sur un cœur françois!

LE

LE COMTE.

C'est-là ce qui s'appelle parler : voilà comme j'ai toujours pensé, moi. Ma chère fille, vous voyez comme nous vous aimons.

DORVAL.

Ah, Julie! si je vous perds....

JULIE.

Jamais je n'oublierai la déférence que je dois à madame la comtesse ; mais rien ne pourroit me déterminer à m'unir à un homme que je n'estimerois pas ; je la crois trop juste pour l'exiger.

LE COMTE.

Je reconnois là ma Julie, ma chère fille, mon ange. (à Dorval.) Je te l'ai toujours dit, vous êtes nés l'un pour l'autre.

JULIE.

Je ne crains point, monsieur, d'avouer un penchant, dont Dorval est incapable d'abuser.

DORVAL.

Ah, divine Julie! non rien ne peut égaler mon amour, mon respect ; je voudrois pou-

P

voir mettre à vos pieds l'empire du monde :
vous plaire, vous adorer, travailler à vous
mériter, voilà mon seul desir; et si j'obtiens
votre main.....

LE COMTE.

Après tout, vous êtes libre, et ma femme
n'est que tutrice....

JULIE.

Mais je ne puis pas oublier ce que je lui
dois; je sens que je ne serois pas parfaitement
heureuse sans le contentement de celle qui
m'a tenu lieu de mère, et je croirois aller
contre les dernières volontés de ceux à qui
je dois le jour. Je me reprocherois sans cesse
de les avoir oubliés.

LE COMTE.

Cependant, ma chère Julie, il ne faut pas
pousser la délicatesse au-delà des bornes.....
(à Dorval.) Qu'en dis-tu, mon ami?

DORVAL.

Hélas! mon oncle, Julie a toujours raison;
je suis forcé d'en convenir en gémissant.

JULIE au comte.

Tâchez de déterminer madame la comtesse; je crois que vous n'êtes pas en peine de mon consentement. (Elle sort.)

LE COMTE.

Voilà, en vérité, une charmante fille : ma foi, mon ami, tu as bien raison de l'aimer.

DORVAL.

Ah ! je l'aime comme on n'a jamais aimé, et peut-être en vain : ma tante a des vues, des projets, Julie des principes. Ce n'est pas que Cléante m'inquiète à certain point, mais si un autre plus digne d'elle....

LE COMTE.

Ni lui, ni d'autres, morbleu; ce seroit faire injure à Julie : ce n'est pas de ces caractères qui tournent à tous vents. Ma femme est parfois raisonnable, rarement à la vérité ; mais enfin, si elle est si sensible, comme elle s'en pique... Je veux encore lui parler de sang-froid, avec amitié d'abord, et puis parbleu....

DORVAL.

Ah! mon oncle, ne l'irritons pas; cela gâteroit tout.

LE COMTE.

Non, non, je lui parlerai avec douceur, et avec force pourtant.

DORVAL.

La douceur en fera cent fois plus que....

LE COMTE.

Laisse-moi faire, je connois ces caractères-là. (Il sort.)

DORVAL seul.

Quel oncle! quel ami! Ah! Julie, je crains bien que la comtesse ne soit un obstacle à notre bonheur : elle me croit étranger à ses goûts, à sa prétendue philosophie; elle m'accuse même de manquer à ce qu'elle nomme sentiment.... Jouer auprès d'elle le rôle d'un homme faux, seroit une infamie; il n'est point de félicité sans l'honneur, et ce moyen déplairoit à Julie. Ah!

SCÈNE X.

DORVAL, HENRIETTE, Mlle BABIOLE,
marchande de modes.

HENRIETTE.

J'ACCOURS vers vous, monsieur; il vient
d'arriver une maudite femme qui va mettre
le trouble dans la maison, et sûrement causer
une rupture..... Je suis toute essoufflée.....
ouf....

DORVAL.

Expliquez-vous, Henriette; de quoi s'agit-il?

HENRIETTE.

Vous savez, monsieur, que M. le comte a
déja payé deux fois les dettes de madame la
comtesse, et qu'il lui a signifié que s'il lui
arrivoit d'en faire de nouvelles, il ne la rever-
roit jamais. Madame, qu'on ne peut arrêter

P iij

sur ses fantaisies et qui ne calcule rien, doit quarante mille francs à sa marchande de modes, qui lui a même prêté de l'argent à gros intérêt. Lassée d'écrire en vain à madame pour avoir cet argent, elle vient d'arriver; c'est un démon : elle veut absolument parler à monsieur ; je ne sai comment calmer cette mademoiselle Babiole : tout ce que j'ai pu faire a été d'empêcher sa voiture d'entrer dans la cour du château. Monsieur est enfermé avec madame, mais il n'y sera pas long-temps: comment faire?

DORVAL.

Faites bien vîte entrer cette marchande ici, et tâchez qu'elle ne soit pas vue.

HENRIETTE.

Je cours la chercher.

DORVAL seul.

Mon oncle, en effet, est très-décidé. Une séparation seroit scandaleuse et causeroit le plus grand chagrin à ce cher oncle ; cela pourroit même altérer sa santé ; car il aime sa femme, quoiqu'il se fâche souvent contre elle, (Dorval se promène.) Si l'on pouvoit trouver un moyen,... oui... la chose est possible.... Henriette est une fille discrette, et quand mon oncle sauroit un jour.... Ha! voilà cette mademoiselle Babiole.

HENRIETTE.

Je vous amène mademoiselle Babiole : de grace, monsieur; faites-lui entendre raison, si cela est possible.

Mlle BABIOLE rapidement.

Vous verrez que c'est moi qui ai tort de demander un argent qui m'est dû depuis trois ans, pour de belles et bonnes marchandises sur lesquelles je n'ai pas gagné deux écus, sans compter le reste; je puis me flatter de vendre en conscience : mon magasin est connu sur ce pied-là : je vais la tête levée ; mais encore faut-il que chacun ait le sien. On a un loyer à payer, une maison à entretenir, des enfans à mettre en charge, des demoiselles à marier ; on n'a pas encore cent ans à vivre; quarante mille francs de plus ou de moins dans un commerce, cela en vaut la peine, voyez-vous : tout est d'un prix, ah, dame! ce n'est rien de le dire. Aussi l'année ne se passera pas sans que je quitte ; je suis déja en marché d'une maison de campagne et d'une charge pour mon aîné : les années n'ont que douze mois ; après moi, fera les vignes qui pourra; il faut jouir; il y a assez long-temps que je fais mon état : on aura beau dire, ma réputation vis-à-vis des dames de condition : mademoiselle Babiole, c'est quitter trop tôt un si beau commerce; je n'entends plus de cette oreille-là, et je veux retirer mes fonds.

DORVAL.

C'est fort bien fait, mademoiselle Babiole; mais de grace ne parlez pas si haut.

Mlle BABIOLE.

Pardi! monsieur, je ne crains rien, je demande mon dû. M. le comte a déja payé de belles et bonnes dettes à des gens... ah, dame!

des gens qui n'avoient ni foi, ni loi, vendu
des marchandises au double, et puis des intérêts à des vingt pour cent; il n'a tenu qu'à
moi dans le temps d'être de toutes ces belles
affaires; mais je vous ai rembarré les usuriers,
ho! ho! ce n'est pas là le ton de mon magasin. Tenez, monsieur le chevalier, je veux
vous conter une histoire qui m'est arrivée
l'année passée à propos d'honneur, à cause
d'une de nos demoiselles du magasin, qui,
à la vérité, étoit jolie comme un cœur. Il
y avoit un monsieur....

HENRIETTE à Dorval.

Je grille si M. le comte.....

DORVAL.

Je crois votre probité sans reproche, mademoiselle Babiole; mais avant tout, avez-
vous là vos mémoires arrêtés?

Mlle BABIOLE.

Pour cela oui, les voilà bien en conscience
et tous les billets de madame; je ne crains
ma foi pas de reproche. Demandez à tout

Paris, à la cour, dans le pays étranger, en province, pour les bonnes marchandises et le dernier goût, j'ai toujours donné le ton : toutes ces petites boutiques ont voulu m'imiter, donner à meilleur compte, prrrr!..... Les dames de condition ne s'y trompent pas d'un bout de la chambre à l'autre : c'est de chez mademoiselle Babiole, ou cela n'en est pas. (Pendant qu'elle parle, Dorval écrit.)

HENRIETTE.

Je le crois, votre goût est connu des femmes et redouté des maris.

Mlle BABIOLE.

Les maris, les maris! il faut bien qu'une dame soit mise d'une certaine façon, pour leur faire honneur dans le monde.

DORVAL après avoir écrit.

Tenez, mademoiselle, voilà une lettre pour mon notaire; allez chez lui de ce pas, quittancez vos mémoires et vos billets, il vous comptera vos quarante mille francs.

Mlle B A B I O L E.

Ah! voilà ce qui s'appelle des raisons; apparemment que madame la comtesse vous a chargé de me payer? Mon intention n'étoit pas de lui faire de la peine au moins ; elle me connoît bien. Tenez, monsieur le chevalier, j'ai sa pratique depuis.... depuis;.... j'étois dans ce temps-là dans la rue... la rue;... c'étoit l'année des robes à grandes garnitures: la rue.... Pardi ! mademoiselle Henriette , vous devez vous en souvenir;.... l'année où les taffetas étoient si minces;... l'année où...

D O R V A L.

N'importe quelle année, Mlle Babiole : mon notaire pourroit être sorti ; croyez-moi, reprenez bien vîte votre carrosse de remise....

Mlle B A B I O L E.

C'est bien un carrosse à moi , je l'ai pris il y a six mois, à cause de....

D O R V A L.

Soit, dans votre carrosse ; ne perdez pas de temps.

Mᴵˡᵉ B A B I O L E.

Vraiment je n'en ai pas à perdre ; votre servante très-humble : dites à madame que tout
est à son service , de même que pour vous
et ce qui vous appartient ; car...

DORVAL.

Je vous en suis obligé.... (à Henriette) Condui-
sez mademoiselle par le corridor. (bas) Voyez-
la partir.

HENRIETTE.

N'ayez pas d'inquiétude. (Elles sortent.)

DORVAL seul.

Quel bonheur que mon oncle n'ait pas rencontré cette femme ! cela auroit produit un
éclat fâcheux ; jamais il n'auroit consenti à
payer cette nouvelle dette : ce sera peut-être
la dernière, la comtesse a passé l'âge des fantaisies.... Si je pouvois me la rendre favorable.... ah ! je n'ose m'en flatter.

————

S C È N E XI.

D O R V A L , C L É A N T E.

C L É A N T E l'embrassant.

JE suis enchanté, ravi de te voir, mon cher Dorval ; je te fais mon compliment de toute mon ame : tu t'es conduit comme un ange à la tête de ton régiment : sais-tu que tu m'as fait lire la gazette, je crois pour la première fois de ma vie ?

D O R V A L.

On a trop mis de valeur à un succès qui est dû au bon ordre de mes supérieurs et au zèle de mes camarades ; quand on est bien commandé et qu'on obéit bien, on peut s'en rapporter pour le reste sur nos grenadiers.

C L É A N T E.

Ton aventure est véritablement agréable,

au moins d'après les préjugés reçus : dès que
la philosophie n'est pas encore parvenue au
point où nous espérons la porter.

DORVAL.

Ma foi, mon ami, la vraie philosophie est
de tâcher de remplir ses devoirs dans tous les
états, et chaque citoyen....

CLÉANTE.

Un philosophe est citoyen de l'univers; et
quant à la chimère des états... mais tu n'en
es pas encore là. Parlons d'autre chose : tu
as du goût, un tact assez juste pour les arts.

DORVAL.

Vous me faites trop d'honneur.

CLÉANTE.

Non, réellement tu vois fort bien. J'ai le
projet de faire ajouter un pavillon chinois à
ma petite maison du fauxbourg ; tu la connois : crois-tu qu'une figure de Confucius sur
le haut fît un certain effet ?

DORVAL.

Je n'entends rien à ces arrangemens; mais

à ta place, je laisserois les dehors le moins apparens possible.

CLÉANTE.

Je veux t'y donner à souper. J'ai acquis depuis ton départ les deux plus superbes danois! si tu voyois leurs sauts, la fuite du peuple effrayé quand je sors, cela est véritablement plaisant. J'ai fait venir de Londres deux petits coquins de jockeis qui sont jolis comme des anges, et déja libertins à faire mourir de rire : mon projet est de les habiller de la couleur de mes danois ou de celle de ma voiture.... qu'en dis-tu?

DORVAL.

Est-ce bien un conseil que vous me demandez?

CLÉANTE.

Assurément.

DORVAL.

Si cela est ainsi, je vous conseille de renvoyer vos jockeis à Londres et vos danois dans la basse-cour d'une de vos terres, et de travailler à mériter l'estime d'un corps respectable, où vos ancêtres ont été honorés depuis long-temps.

CLÉANTE.

Ah! ma foi, monsieur Dorval, ceci est du grand beau, sur-tout dans la bouche d'un jeune colonel. Mon cher Dorval, l'opinion étoit jadis la reine du monde, mais elle est à peine aujourd'hui une reine de province. Je crois avoir des principes, et je sai ce que peut m'imposer mon devoir : sur cela, par exemple, je n'ai besoin des conseils de personne.

Mais je veux à mon tour te parler en ami. Sais-tu, mon cher, que lorsque tu es parti, la bonne compagnie commençoit à jaser sur ton compte? Nos amis m'ont souvent dit en éclatant de rire, que lorsqu'ils alloient chez toi le matin, ils te trouvoient toujours occupé de plans d'attaque, de défense, au milieu des graves portraits des Vauban, Turenne, Catinat, etc. Mon cher Dorval, on peut s'instruire jusqu'à

certain

certain point , mais en se gârant du ridicule......

DORVAL.

Je vous laisse sur tout cela la liberté du
persiflage et des mauvais propos. Comme je
desire d'apprendre mon métier et de le faire
avec honneur , je travaille à m'instruire et
j'aime à m'entourer de bons modèles. Quant
aux prétendus ridicules dont me menace votre
prétendue bonne compagnie , je ne les crains
pas ; et si l'on tient de mauvais propos sur
mon compte , j'espère, monsieur , que ce ne
sera pas en face.

CLÉANTE.

Ce que j'en dis n'est pas dans le dessein de
t'offenser , c'est la pure amitié qui me fait
parler ainsi ; mais tu conviendras qu'un jeune
homme de bonne maison , riche , doit faire
comme tout le monde. On ne t'a jamais connu
une fantaisie : tu ne joues point : nous avons
voulu te donner la sémillante Arsénie , qui
est une fille véritablement honnête ; nous t'a-

Q

vons fait souper avec elle : tu ris comme un enfant, et puis c'est tout. Si nous avions pu croire aux loyaux amans, nous t'aurions soupçonné quelque belle passion.

DORVAL.

Soupçonnez ce qu'il vous plaira ; je ne rougirai jamais d'un attachement pour une femme estimable : ce sentiment est toujours d'accord avec l'honneur françois, et je me fais gloire d'en avoir le caractère. Quant à la passion du jeu, elle m'aviliroit, je ne la crains pas.

CLÉANTE.

En vérité, mon cher Dorval, tout cela tient un peu trop à notre ancienne chevalerie, et tu serois homme à quitter ta bien-aimée pour aller chercher la gloire au-delà des mers : à parler vrai, ces vertus-là sont un peu romanesques. A notre âge, il faut tâcher de bannir de la société ce funeste ennui qui nous suit trop souvent, malgré nos ressources. Quant au jeu contre lequel tu déclames d'une manière si grave, c'est un amusement de plus ; ce n'est

pas que j'y mette une certaine valeur, mais
on se rencontre avec ses amis....

DORVAL.

Oui, on les ruine ou l'on est ruiné : de
pareils amis ne seront jamais les miens.

CLÉANTE.

Pas toujours : on fait une association, une
espèce de caisse; on perd d'un côté, on gagne
de l'autre.

DORVAL.

Fort bien! une banque : le beau commerce
pour la noblesse françoise !

CLÉANTE.

Cela n'empêche pas les grands principes.
A propos de principes, mon cher Dorval,
(car je conviens que tu en as d'estimables)
je voulois te demander un plaisir.

DORVAL.

Volontiers, si la chose est possible.

CLÉANTE.

On m'a dit que tu avois vendu je ne sais
quelle vieille maison.

DORVAL.

Oui : pourquoi me faites-vous cette demande ?

CLÉANTE.

Je me suis trouvé, ces jours derniers, chez l'antique Aspasie à souper avec nos amis. Après avoir moralisé sur les sottises du siècle et passé en revue tous les gens ridicules de notre connoissance, ce qui est assez étendu, on a proposé un petit jeu pour tuer le temps ; j'ai perdu trois mille louis sur ma parole : ceci, comme tu sais, est une dette d'honneur.

DORVAL.

Je crois qu'elles le sont toutes.

CLÉANTE.

Ah ! pas tout-à-fait. Si tu pouvois me prêter cette petite somme, cela me dispenseroit d'avoir recours à ces coquins d'usuriers.

DORVAL.

Je suis fâché de ne pouvoir pas te faire ce plaisir ; j'ai disposé de la plus grande partie de cet argent.

CLÉANTE.

Cela me contrarie un peu, et m'obligera,
peut-être, à vendre une partie de terre; ou à
me marier, ce qui est encore pis.

DORVAL avec inquiétude.

Vous avez un parti... arrêté... sans doute?

CLÉANTE.

J'en ai six; ma foi, je prendrai le plus riche.... Bon jour, mon cher. Je vais trouver
la comtesse, à qui j'ai à parler de choses très-
sérieuses. (Il sort.)

DORVAL seul.

Un tel homme seroit-il destiné à posséder
la plus parfaite des femmes? Pourrois-je voir
un telle union?...... Julie ne doit pas être
compromise.... Révéler à la comtesse la conduite de Cléante seroit une infamie.... Julie
n'accordera sa main qu'avec le consentement
de la comtesse...... Quelle situation est la
mienne!

————

SCÈNE XII.

DORVAL, HENRIETTE.

HENRIETTE.

J'AI eu bien de la peine à renvoyer cette babillarde; la voilà heureusement bien loin. J'ai rencontré en revenant le valet-de-chambre, confident de Cléante, qui m'a conté en détail la belle conduite de son maître. Ah! quel homme! Il a fait avant-hier une assez grosse perte au jeu; l'embarras est de payer. En vérité, monsieur, quand on voit de pareilles conduites, on redouble d'attachement pour vous.

DORVAL.

Votre amitié me flatte, ma chère Henriette; mais je ne suis pas destiné pour le bonheur: la comtesse ne consentira jamais.....

HENRIETTE.

Hélas! nous sommes tous désespérés de ce qu'elle ne veut pas vous donner sa pupille; c'est un caprice inconcevable : tous ces Illuminés ont gâté la tête de ma maitresse; elle ne voit que physique et chimie, et lit très-sérieusement le grand Albert.

DORVAL.

Elle est malheureusement entourée de gens qui flattent ses goûts, les uns par systême, les autres par intérêt.

HENRIETTE.

Ma maitresse a le cœur excellent; cela lui fait souvent donner tout ce qu'elle a, plutôt que de payer ses dettes : quand je veux l'arrêter, elle me dit que j'ai l'ame dure, et le sentiment va son train : dans ces momens-là, il n'y a rien qu'elle ne fasse pour obliger les malheureux : ne pourroit-on pas saisir un de ces momens?... mais oui... Je crois que je puis jouer un rôle... à merveille!.. (à Cléante.) Tenez, monsieur, il me vient une idée lu-

mineuse que je ne puis vous communiquer,
de peur de ne pas obtenir votre approbation....
J'apperçois madame : elle croit trouver Cléante
ici ; laissez-moi seule avec elle.

DORVAL.

Ma chère Henriette, ne pourriez-vous pas
me confier?....

HENRIETTE avec un air d'autorité.

Retirez - vous , monsieur ; allez de ce pas
trouver monsieur le comte et mademoiselle
Julie ; tenez-vous dans ce cabinet , et n'entrez
tous trois que lorsque vous m'entendrez tous-
ser : point de replique ; madame approche.
(Il sort.) Ah ! si je pouvois adroitement faire
changer ma maitresse.... ce seroit peut-être
la première fois qu'une soubrette se seroit
servie d'une ruse honnête.

SCÈNE XIII.

LA COMTESSE, HENRIETTE.

LA COMTESSE.

JE croyois trouver Cléante ici.

HENRIETTE d'un air triste.

Il n'y a qu'un moment qu'il en est sorti.

LA COMTESSE.

Il sera peut-être dans le parc?

HENRIETTE.

Hélas! oui, le pauvre jeune homme!....

LA COMTESSE vivement.

Auroit-il quelque sujet de chagrin? vous m'inquiétez....

HENRIETTE.

Vraiment.....

LA COMTESSE.

Expliquez-vous.

HENRIETTE.

Son valet-de-chambre m'a demandé le secret; j'ai aussi des principes, moi.

LA COMTESSE.

Un secret! je veux le savoir; je vous l'ordonne; je vous en prie, Henriette.

HENRIETTE.

Mais dame ! quoique je ne sois qu'une
femme-de-chambre, et que j'aime ma maitresse plus que tout, convenez qu'il n'est pas
honnête de révéler ce qu'on nous confie.

LA COMTESSE.

Vous m'impatientez, vous me tuez; ah !
vous allez me donner une attaque de nerfs.....

HENRIETTE.

Le ciel m'en préserve ; quand il est question de la santé de madame, il n'y a principes
qui tiennent.

LA COMTESSE.

Parlez donc, parlez vîte....

HENRIETTE.

Entraîné par ses amis et par une malheu-

...use habitude, qu'il faut pardonner à la jeunesse, M. Cléante a été souper dans ce qu'on
appelle une petite maison!...

LA COMTESSE.

Dans une petite maison....

HENRIETTE.

On a joué, après souper, pour tuer le temps;
ses amis lui ont gagné trois mille louis sur sa
parole : on dit que c'est une dette d'honneur....

LA COMTESSE.

Je tombe des nues.... Un homme que je
croyois philosophe, s'occupant des hautes sciences... Mais, Henriette, êtes-vous bien sûre?....

HENRIETTE.

Ah! madame, que trop sûre; il n'a rien de
caché pour son valet, qui m'a dit que son
maître alloit vendre une petite terre; il a
toujours fait honneur à ces dettes-là : ce n'est
pas la première fois....

LA COMTESSE.

Quelle horreur! Cléante, un des nôtres!...
Mais ce valet-de-chambre.....

HENRIETTE.

C'est lui qui est l'intendant de la petite maison de son maître ; il a tout vu. Il n'y a que madame au monde à qui j'aie confié ce secret : sa santé mais si chère ! et puis j'ai bien imaginé que madame trouvera quelque moyen d'aider M. Cléante, ou du moins de le consoler.....

LE COMTESSE.

L'aider, le consoler..... moi qui haîs les joueurs, ah !

HENRIETTE.

Il est vrai que c'est une terrible passion..... Mais tenez, madame, tous les jeunes gens sont des dissipateurs ; les uns d'une manière, les autres d'une autre ; et tel qui nous paroît bien sage, bien rangé.... Sans aller bien loin d'ici.... mais il ne faut pas tout dire.... ce ne sont pas mes affaires que la conduite des maîtres.

LA COMTESSE

Cependant, il peut s'en trouver. Je ne crois pas que Dorval, par exemple.....

HENRIETTE.

Tout comme un autre.

LA COMTESSE avec un étonnement,
mêlé de joie.

Bon! Saurois-tu quelque chose sur le compte de ce cher neveu, cet être parfait au dire de mon mari? dis-moi, je t'en prie, ma fidèle Henriette?

HENRIETTE.

Ce cher neveu a souvent maille à partie avec son cher oncle; ils ne sont pas toujours d'accord. Ce matin encore, en me promenant derrière la charmille, j'ai entendu de mes deux oreilles : Non morbleu, mon neveu, je ne souffrirai pas qu'on fasse de mon potager un jardin à l'angloise. — Mais, mon oncle, on peut mettre ce potager un peu plus sur la gauche, cela coûtera peu de chose et produira un agrément; après tout, vous n'avez point d'enfans. — Non, monsieur, non, non, il n'en sera rien, ne m'en rompez plus la tête. Dame! il a bien fallu que monsieur Dorval filât doux.

Vous voyez, madame, que la concorde n'est pas toujours entre eux.....

LA COMTESSE.

Mais, Henriette, ceci ne peut être qu'à la louange de Dorval ; c'est même un trait de sentiment.

HENRIETTE.

Pour du sentiment, il en a de reste ; mais ce beau sentiment pourra fort bien altérer la confiance de M. le comte.

LA COMTESSE.

Tu n'y songes pas, Henriette ; quoi ! pour avoir parlé raison au comte?....

HENRIETTE.

Ce n'est pas sur cet objet.... Tenez, madame, puisqu'il faut tout vous dire....

LA COMTESSE.

Oui, oui, ne me cache rien ; dis ma chère fille.

HENRIETTE.

Vous saurez que monsieur Dorval est, depuis son enfance, attaché de cœur à un mari et à une femme.

LA COMTESSE.

A une femme ! voyons....

HENRIETTE.

Tous deux fort respectables : la femme, qui est bienfaisante, a contracté, je ne sai comment, des dettes assez considérables à l'insu de son mari. Le créancier vouloit faire tapage, s'adresser au mari, dont le caractère est parfois un peu emporté. M. Dorval, qui a prévu que cela feroit une esclandre et causeroit peut-être une rupture désagréable pour tous deux, a payé sous main quarante mille francs pour appaiser cette affaire....

LA COMTESSE.

Sans leur en parler ?

HENRIETTE.

Sans leur en parler ; ils ne l'auroient pas souffert.

LA COMTESSE.

Ni à son oncle ?

HENRIETTE.

Ha! ha! à son oncle, qui veut que l'argent

d'une certaine maison , qui vient d'être ven-
due, soit placé en terre pour arrondir celle
du cher neveu..... Jugez de la colère de M. le
comte. Il faut convenir que c'est une somme.

LA COMTESSE.

La femme est-elle encore jeune ?

HENRIETTE.

A peu près de l'âge de madame et respectable en tout point ; mais qui ne connoît pas
le prix de l'argent. J'ai été dans la confidence
un agent nécessaire... et madame est la seule...

LA COMTESSE après avoir rêvé.

Ce trait est admirable, sublime ; j'avoue que
je n'aurois jamais cru Dorval capable d'un sentiment si délicat. Les ames sensibles m'en-
chantent : la mienne est exaltée au récit d'une
telle action. Voilà ce qu'on appelle du sentiment, de l'énergie, de l'humanité.... Pour-
rois-tu me dire le nom des personnes en question ?

HENRIETTE.

Vous m'embarrassez fort, madame..... Tout

ce

ce que je puis vous dire, c'est que la maudite créancière étoit ici, à la place où est madame; il n'y a qu'un moment qu'elle vouloit faire tapage, parler à M. le comte; mais nous l'avons renvoyée bien vîte chez le notaire de M. Dorval, qui la paiera.

LA COMTESSE.

Ciel! que me dis-tu? Quoi! je suis l'objet de ce noble procédé, moi dont l'injustice.....
Cours, ma chère Henriette, vole, vas chercher mon mari, Dorval, Julie....

HENRIETTE tousse, en paroissant obéir à la comtesse.

Les voilà précisément tous trois.

R

SCÈNE XIV.

LE COMTE, LA COMTESSE, JULIE, DORVAL, HENRIETTE.

LA COMTESSE à son mari.

VENEZ me pardonner, monsieur. (à Julie et à Dorval.) Venez, mes chers enfans : oubliez un caprice que je me reprocherai toute ma vie : soyez heureux comme vous méritez de l'être ; je vous dois à tous trois bien des réparations, et je veux vivre désormais pour m'occuper de votre bonheur mutuel.

LE COMTE se jetant au cou de sa femme.

Ah! ma chère comtesse, ma chère femme! tu me charmes, tu me ravis.....

DORVAL baisant la main de la comtesse.

Ah, madame ! je n'ai point d'expression pour vous peindre mon bonheur.... ma re-

connoissance!... Et vous, adorable Julie!...
Mon cher oncle, mon père, mon ami !

JULIE à la comtesse.

Vous serez l'objet de tous nos soins.

LA COMTESSE.

Si mon esprit à pu s'égarer, mon cœur m'a éclairée : oui, vous serez mes chers enfans, mes amis.....

LE COMTE.

Jamais, non jamais je n'ai éprouvé une plus douce satisfaction. Tiens, ma chère comtesse, dispose de ma fortune : arrange ma maison et mes jardins comme tu l'entendras, à l'angloise, à la chinoise; je te laisse la maitresse absolue.

HENRIETTE bas à Dorval.

Ne perdez pas un moment; envoyez chercher le notaire. (Ils sortent.)

F I N.

R ij

ON va ouvrir une souscription pour un ouvrage, intitulé : DES PROBABILITÉS MORALES, démontrées par l'anatomie, ouvrage très-clair et à la portée de tout le monde , infiniment utile aux péres et méres, pour savoir avec précision dans quelle classe de la société ils doivent placer leurs enfans.

AVANT-PROPOS.

DEPUIS trop long-tems les hommes sont dans l'erreur, et ces beaux siècles, prétendus éclairés, n'ont produit que de vains systêmes, dont souvent la politique a profité au détriment de la liberté, de la bienfaisance , de l'humanité et de la tolérance. Nous avons enfin déchiré ce funeste voile, et notre siècle seul aura la gloire d'avoir montré aux hommes cette auguste vérité, si long-tems éclipsée par la stupide ignorance ou l'adroite politique.

Voici enfin le jour où , plaçant nos semblables à la hauteur de nos sublimes découvertes , nous pouvons , par l'énergie de nos pensées , montrer à l'univers détrompé quelle est sa véritable existence , et la somme de ses peines et de ses plaisirs. Déja le magnétisme animal, le somnambulisme et les illuminés ont démontré , au peuple étonné , des prodiges inconnus jusqu'à ce jour , et nous osons avancer que la nouvelle découverte que nous annonçons sera le complément de la lumière.

Les Egyptiens , les Grecs et les Romains n'ont eu , même dans leurs beaux siècles , qu'un foible apperçu de la ductilité et de la divisibilité de la matière ; c'est au nôtre qu'il étoit réservé de prouver par l'anatomie ce que peut devenir chaque individu, et de démontrer dans un enfant, par la seule inspection de son ensemble , ce qu'il sera , étant parvenu dans l'âge de sa force animale et végétale. D'après l'ouvrage que nous offrons au public , tout homme sera à portée , en examinant l'origine et l'insertion de tel ou tel muscle combiné avec telle ou telle paire de nerfs , de juger à quoi la nature a destiné son fils ou sa fille. Nous convenons et nous avertissons même que l'inspection du genre féminin demande plus d'attention , à cause de l'extrême délicatesse du genre nerveux et de la sensibilité des fibres ; d'où il pourroit résulter que les parens , qui n'auroient pas suivi assez exactement notre méthode , ne verroient dans leurs filles que du sentiment , tandis qu'il y auroit réellement quelque chose de plus. Mais ces nuances de la nature sont si légères que souvent elles échappent aux mères les plus avisées. On les trouvera démontrées dans la table algébrique qui est à la fin de notre second volume. Quant à l'individu mâle , rien ne sera plus facile que d'appercevoir , à l'inspection de certains muscles que nous indiquons , si le sujet sera propre à la guerre , ou destiné à jouer un rôle dans la magistrature, les lettres, ou les arts. Nous démontrons même jusqu'à quel point il peut s'élever dans ces différentes routes, et quels seront ses succès. Un bon bourgeois sera tout étonné d'appercevoir dans sa fille l'indication d'une grande dame, tandis qu'un homme de qualité ne verra souvent dans son fils que les muscles d'un sujet très-médiocre ; mais il aura au moins le tems de prendre des précautions relatives au genre nerveux et musculeux de l'héritier de son nom.

Nous aurions pu, avec la même clarté, indiquer, par notre méthode, la légitimité des enfans ; mais ces connoissances nous ont paru d'un certain danger pour la société, et nous avons retranché ce chapitre, à cause des inconvéniens, ne voulant travailler que pour la tranquillité et le bonheur des êtres.

Nous avons donné cette découverte anatomique sous le titre de PROBABILITÉS, par

R iv

pure modestie , pouvant , sans jactance , y mettre celui de CERTITUDES ; mais il ne suffit pas d'être anatomiste , géomètre et phi-losophe ; il faut encore être modeste.

———————

LE CABARET,

CONTE.

A v e c grand bruit, grand étalage,
Un homme gros et court, arriva pour dîner
   Dans une auberge de village ;
Postillons galonnés, s'empressoient d'ordonner,
   Disant : C'est monsieur du Fourrage ;
   Allons, alerte le ménage !
L'hôte crioit : Marton, tuez nos gros poulets,
Et de la belle chambre ouvrez tous les volets ;
  Pour monseigneur mettez la grande table,
  Notre beau linge, et cherchez dans l'étable
Des œufs frais. Mais, tandis que tout est en rumeur,
Arrive dans la cour un second voyageur,
Monté sur un cheval d'assez mince apparence,
 Mais suivi d'un laquais en habit chamarré
D'une livrée ; et quoique l'habit fût rapé,
Cela donnoit du moins certain air d'importance.
   Le maître étoit comte et seigneur
   D'un château flanqué de tourelles.
L'hôte, tout étonné de pratiques si belles,
Le bonnet à la main saluant sa grandeur,
Voit encore arriver, dans son hôtellerie,

Un homme en surtout bleu, col noir, mais bien monté ;
Au chapeau la cocarde, et l'épée au côté,
Ayant le regard franc, et la mine aguerrie.
 Les deux premiers, en le voyant entrer,
 Dirent entre eux : C'est un garnisonnier.
Cependant, cet état annonçant la noblesse,
D'un air très-circonspect on se fit politesse.
  Le couvert est mis par Marton ;
Et notre homme au col noir, de tems en tems lui passe
  La main au dessous du menton,
Dont Marton, en riant, se défend avec grâce.
  L'hôtesse arrange le dessert ;
  Le dîner est prêt, et l'on sert.
Avec l'air dédaigneux, l'homme au grand équipage,
Repoussant chaque plat, ne buvoit que de l'eau,
  Disant au seigneur de château :
  Ah, bon Dieu ! quel pauvre ménage !
 Jai vu jadis que dans les cabarets
 On fricassoit assez bien les poulets.
Au reste, c'est par-tout ; et mon chef de cuisine,
  Depuis un tems, s'est négligé ;
Ce qu'il fait aujourd'hui, n'a plus si bonne mine :
  Je le vois trop, tout est changé.
Mes gardes m'envoyoient deux chevreuils par semaine,
Dont tous les connoisseurs faisoient le plus grand cas ;
Hé bien, ils ne sont plus si fins, si délicats.
-- Si vous aviez tâté de ceux de mes domaines,
Dit le comte, et sur-tout si vous voyiez Briffaut,

Sans jamais tomber en défaut,
Et toujours sur la voie, en suivre un sur la trace ;
Ah ! c'est un chien ! aussi vient-il de bonne race ;
Des ducs et pairs, mes très-proches parens,
De père en fils l'ont depuis cinq cents ans.
Pour notre homme au col noir, laissant le bavardage,
Il mangeoit de grand cœur, et vous sabloit le vin
Comme si c'eût été du vin de l'Hermitage,
S'applaudissant, tout bas, d'avoir pris ce chemin.
—Je suis au désespoir, dit monsieur du Fourrage,
Que mon maître d'hôtel, en partant ce matin,
N'ait pas mis, dans le coffre, un très-vieux Chambertin.
Ah ! c'est un vin ! — Parbleu, dit le comte, je gage
Que très-peu de cantons sont au dessus du mien.
Depuis plus de mille ans que nous avons la terre,
On voit nos grands vassaux, qui le connoissent bien,
En faire un juste éloge, et je crois qu'il n'est guère
De crû plus renommé ; les seigneurs mes voisins,
Et les pères Bénédictins,
Gourmets et délicats, le boivent à rasades.
Un seigneur de mon nom, en allant aux Croisades,
Mais que le mal de mer força de retourner,
Fut assez bon pour leur donner
Une grande moitié de ce bel héritage.
Il est vrai que depuis, on voit sur un fronton
Les armes de notre maison :
On nous enterre au chœur, et cela dédommage.
-- Pour moi, dit monsieur du Fourrage,

Je ne songe aujourd'hui qu'à réhabiliter
Un nom jadis connu : c'est un foible avantage ;
Mais on se doit aux siens. Avant que d'habiter
Celui de mes châteaux, le plus digne de l'être,
Il est, dit-on, décent de me faire connoître.

   Peu sensible à tout ce caquet,
Notre homme au surtout bleu, le coude sur la table,
   Venoit de battre le briquet,
Savourant, à longs traits, le parfum délectable
D'une épaisse fumée, allant jusqu'au plancher.
Il me semble, monsieur, dit en toussant le comte,
Que de tous ces détails vous faites peu de compte.
Monsieur pourroit aussi, sans trop se rabaisser,
Nous dire son état, son nom ; un militaire
   N'est jamais un homme ordinaire :
   Oubliant ces airs de hauteurs,
   On peut parler de ses auteurs.
   Le fumeur, en quittant sa pipe,
   Leur dit : Messieurs, j'ai pour principe,
   Dès que j'ai bon vent, de fumer ;
   Chaque jour, après mon dîner,
  C'est ma façon : je ne gêne personne ;
  Mais je m'endors, sitôt que je raisonne.
   Quant à vous dire mon état,
   Vous le voyez, je suis soldat ;
Ma foi, quant à mon nom, sans vous en faire accroire,
On m'appelle Jean Barth, et voilà mon histoire.

———

LE SAVANT ET L'HERMITE,

C O N T E.

TRÈS-GRAVEMENT autour d'une colline,
Dans un sentier parfumé d'aube-épine,
　　Un philosophe circuloit ;
　　Et tout en circulant, rêvoit
　　Comment il falloit se conduire
　　Pour bien parler et bien écrire.
Je dois, se disoit-il, tout voir, tout calculer ;
Il faut, m'enveloppant, qu'on puisse deviner,
　　A travers ma métaphysique,
　　Certain vernis philosophique.
　　Je veux que le peuple ignorant
　　Ouvre les yeux : en l'éclairant,
Tous les vains préjugés de sa stupide enfance,
Par nos soins paternels, perdront leur importance.
　　　　Toujours allant
　　　　Et se parlant,
　　Il voit, à l'ombre d'un feuillage,
　　Un hermite et son hermitage.
　　Voyons, dit-il, ce père un tel ;
　　Ce doit être un plaisant mortel.
Bon jour, frère Cordon, comment va le ménage,

La quête, le jardin ? Avez-vous au village
    Des pratiques de bon aloi,
    De ces bonnes-gens pleins de foi ;
Là, vous m'entendez bien, de ces gens à rosaires ? ...
Je suis très-content d'eux, dit l'hermite. Mes frères,
Remplis de charité pour un pauvre pécheur,
Partagent avec moi le prix de leur labeur.
Vous voyez mon jardin, tout y croît par merveille ;
Oignons, choux, épinards, navets, cerfeuil, oseille,
    Une fontaine, des lilas ;
    Hé, que faut-il de plus, hélas !
    Pour un pauvre et chétif hermite ?
    C'est bien plus que je ne mérite.
    Mais vous, monsieur, d'où venez-vous ?
    Qui vous attire près de nous ?
Peut-être ma demande est par trop indiscrette ;
Excusez un reclus, vivant dans la retraite.
— Bon homme, demeurez ; je vais, sans me vanter,
    En peu de mots, vous contenter.
Je suis le successeur des célèbres apôtres
Démocrite, Epicure, Anaxarque, et tant d'autres ;
Je suis panégyriste et grand physicien,
Géomètre profond, savant grammairien ;
Père, je suis enfin ce qu'on appelle un Sage.
Vous direz : Un tel jour, j'eus dans mon hermitage
Un homme.... Doucement, dit l'hermite : à mon tour,
Dès que vous voulez bien me parler sans détour,
Je veux aussi, monsieur, vous conter mon histoire.

Tout ce que vous savez mène à la fausse gloire :
Oubliez, s'il se peut, des systêmes humains ,
Qui, pour se bien conduire, offrent de grands obstacles.
Moi, sans aucun orgueil, je vise au rang des Saints ;
Et (soit dit entre nous) j'ai fait plusieurs miracles.

———

LES DEUX FLACONS

ET LE GRENADIER.

A IMANT le vin, tout autant que la gloire,
Un grenadier trouva dans une armoire
Deux gros flacons, dont l'un étiqueté
Et très-orné, prouvoit l'ancienneté ;
   L'autre, simple dans sa parure,
   Ne faisoit pas grande figure.
   Notre grenadier veut tâter
   Du premier, d'après l'étiquette ;
   En rechignant, il le rejette ;
   Puis ayant goûté le dernier :
Bon, dit-il, celui-là fait aimer la besogne ;
Et, quoique plus nouveau, c'est morbleu du Bourgogne.
Peste du vin de Brie ! avec cet apparat,
   Plus il vieillit, plus il est plat.

LES SINGES ET LE CADRAN.

FABLE.

Dans la cour du château d'un seigneur d'importance,
Deux singes s'occupoient avec l'air de jactance,
    A pénétrer dans l'avenir ;
    Et se piquant d'avoir l'étoffe
    De ce qu'on nomme philosophe,
    Ils vouloient tout approfondir.
L'un d'eux dit : Raisonnons ; raisonner est d'un Sage :
Calculons, et prouvons quel doit être l'usage,
La forme, l'origine, et ce qui fait marcher
Cette aiguille qui tourne au haut de ce clocher,
    Sur tant de taches arrondies
    Passant, repassant tour à tour :
    Ces matières approfondies
    Peuvent répandre un très-grand jour.
    De notre indolence on abuse ;
    Eclairons tout, jusqu'à la buse.
Tous deux, en même tems faisant le chandelier,
Arrondissant leurs doigts, s'en font une lorgnette.
Le Makis dit alors, d'un ton de bachelier :
Quant à moi, je conclus que la machine est faite
Par le choc imprévu d'une grande comète.

Le Sapajou reprend : Non, c'est le feu central
Qui fait agir ainsi ce morceau de métal ;
Suivez mon hypothèse, et prenez ma lunette.
Erreur, dit le Makis ; mon système vaut mieux.
Le Sapajou répond : Rien n'est plus pitoyable.
Sur cela nos savans s'arrachent les cheveux ;
Il se déclare entre eux une guerre effroyable.
Chacun a son parti ; les singes, les guenons,
Se liguent aussitôt sans rimes ni raisons.
L'un dit que le Makis est un dieu sur la terre ;
L'autre, en grinçant les dents, prône le Sapajou.

  Les noms d'imbécille, de fou,
  Sont répétés dans la colère ;
  Tous à la fois criant très-haut,
  Comme à la cour du roi Pétaut.
  Sans s'émouvoir de leurs systêmes,
  De leurs propos, de leurs problêmes,
Derrière le cadran l'ouvrier écoutoit,
Riant de leurs débats, et son horloge alloit.

———

L'HOMME A SYSTÊMES,

ET LE CLAVECIN.

Je veux, disoit un de nos Sages,
Prouver à ces grands personnages,
Que c'est la seule égalité
Qui des lois montre la bonté.
Mon système de république
Sera prouvé par la musique.
Enchanté de ce beau projet,
S'enfermant dans son cabinet,
Il fait un clavecin, dont les cordes égales ;
Ayant exactement les mêmes intervalles,
Et répétant le même ton,
N'étoient jamais en harmonie ;
On eut beau lui parler raison,
Il tint toujours à sa manie.

L'HYMEN.

L'HYMEN ne voyant plus l'Amour,
Il en fit à Vénus une complainte amère.
Déesse, lui dit-il, qu'est devenu mon frère?
     Je le cherche en vain nuit et jour.
     Perdez, répondit la déesse,
     Cet air austère du soupçon;
     Rappelez dans votre maison
     Les égards, la délicatesse;
     En embellissant la raison,
     Vous retrouverez la tendresse.

LE PRINCIPE ET LE SENTIMENT,
FABLE.

AYANT le même appartement,
Le Principe et le Sentiment,
Soit par humeur, ou par foiblesse,
Se trouvoient en guerre sans cesse.
Le premier disoit : Votre cœur
Est l'asile de la mollesse.
L'autre reprenoit : Votre humeur,
Bannissant la délicatesse,
Parle toujours avec aigreur.
Enfin, de dispute en dispute,
Se grondant à chaque minute,
Chacun s'en fut de son côté,
Par son ascendant emporté.
Le Principe, un peu trop austère,
Se retira d'un air sévère.
Le tendre Sentiment, dans sa route incertaine,
Foible par habitude, et par fois libertin,
Oubliant le Principe, à l'ardente jeunesse,
Sous mille noms flatteurs, inspira son ivresse.
La Raison, qui craint les excès,
Voulant terminer ce procès,
Près de l'un mit la Tolérance,
Et près de l'autre la Prudence.

S iij

ANACRÉON.

J'AIME les vers d'Anacréon ;
Mais quand on dit que le Barbon
Eut en amour bonne fortune,
Je n'y crois pas plus qu'à la lune.
L'or, les bijoux, les bons repas ;
Pouvoient, comme aujourd'hui, flatter sa jouvencelle ;
Mais qu'il en fût aimé, c'est un conte infidèle ;
Il fut ... trompé, n'en doutez pas.

LA THESSALIE ÉCLAIRÉE.

LES vergers de la Thessalie
Et le beau vallon de Tempé
Formoient un séjour enchanté ;
Rien n'altéroit la douce vie
De ces pasteurs, amis des dieux,
Qui, dans leurs chansons, dans leurs jeux,
Retraçoient, dans cette contrée,
La douceur du règne d'Astrée.
L'amour, la paix et la santé
En avoient banni la tristesse ;
Et l'on y voyoit la vieillesse,
Souriant à la volupté,
Applaudir l'aimable jeunesse,
Pourvu que la fidélité
Fût réunie à la tendresse
Par la naïve vérité.
Lorsque du tems la faulx cruelle
Moissonnoit ces mortels heureux,
Ils croyoient, en quittant ces lieux,
Trouver la vie encor plus belle.
Chez ces paisibles habitans
L'Envie, en allant à la ville,
Du bonheur apperçut l'asile

Qui bravoit ses cruels serpens.
Cette paix, ce charmant rivage,
Redoublant l'horreur de sa rage,
Elle vole dans la cité,
Et va, sous un masque emprunté,
Se présenter chez Epicure.
O vous, ami de la nature !
Dit-elle d'un air ingénu,
De ce bonheur si peu connu
Je viens vous enseigner la route.
Sur lui vous n'aurez plus de doute ;
J'ai découvert la volupté ;
Elle est aux vallons de Tempé.
Epicure veut voir lui-même
Cet asile où règne l'amour,
Et cette vertu sans problême.
Ses disciples vont, tour à tour,
Dans cette aimable Thessalie.
Avec eux, la cruelle Envie
Est de la Discorde suivie.
On lit les systêmes nouveaux
Des philosophes de l'Attique ;
Et bientôt, dans tous les hameaux,
La sagesse est problématique :
L'amour n'est plus un sentiment,
Et ce n'est qu'un besoin pressant
Que nous inspire la nature,
Dont en vain la raison murmure,

La vieillesse perd son crédit ;
Chaque berger a son système ;
La bergère est un bel esprit.
Le bonheur, n'ayant plus d'asile,
Fuit les champs, ainsi que la ville.
Par-tout il faut vivre et mourir
Entre la peine et le plaisir.

ALCIDOR.

En sortant de l'adolescence,
Alcidor, le cœur agité,
Cherchoit, avec effervescence,
Le séjour de la volupté.
A ses yeux, l'enfant de Cythère
S'offre; et le prenant par la main,
Le conduit dans son sanctuaire,
En souriant d'un air malin.
Du palais enchanté lui dévoilant l'entrée,
Va, dit l'Amour, c'est là qu'est le souverain bien;
C'est là que tu verras cette aimable contrée
Où le présent est tout, et l'avenir n'est rien.
Alcidor, dans ces lieux, trouve par-tout les Grâces;
Leurs attraits séduisans, répétés par les glaces,
Sembloient augmenter de beauté;
Et par l'art de la volupté,
Quand la saine raison y portoit sa lumière,
Elle n'y paroissoit qu'avec un air austère.
On voyoit l'aimable Pudeur,
En opposant la résistance,
Sourire à la douce Espérance.
Jamais la froide indifférence
N'entra dans ce temple enchanteur,

Et l'on n'y trouvoit l'inconstance,
Que pour ajouter au bonheur.
Si par fois on vouloit s'instruire,
Et, dans un aimable loisir,
Suspendre l'ardeur du plaisir,
Alors on s'amusoit à lire
Les vers du tendre Anacréon
Et de l'amante de Phaon,
Ou la charmante poésie
De l'auteur des Parties du Jour,
Qui portant les mœurs d'Arcadie
Au sein de la plus grave cour,
Nous rappelle Ovide et Tibulle,
Infiniment mieux que la Bulle.
On lisoit aussi dans ce lieu
La Fare et le galant Chaulieu.
Vénus à l'Albane, au Corrége,
Avoit donné le privilège
D'ajouter, à des lieux si beaux,
La volupté de leurs pinceaux.

Hélas ! qui le croiroit ? inconstante jeunesse !
Alcidor s'ennuya de cette douce ivresse.
Son ame sans ressort, cherchoit d'autres appas ;
Et la satiété lui fit porter ses pas
Dans le bruyant palais de ces plaisirs faciles,
Où des Beautés sans frein ont fixé leurs asiles.

Pour elles l'adroite Bertin,
De la beauté sur son déclin

Dissimule, par la parure,
Les outrages de la nature;
Et l'amour, sans blesser les cœurs,
Avec l'or obtient des faveurs.
Alcidor croit dans son délire
Que ce charmant art de séduire,
Et cet excès de liberté
Sont en effet la volupté.
Par-tout la danse, la musique,
Et la débauche au front cynique,
Offrant leurs charmes suborneurs,
Ecartent jusqu'au nom des mœurs.
Alcidor, la vue égarée,
Poursuivant des plaisirs nouveaux,
Voit, à la lueur des flambeaux,
D'un antre souterrain l'entrée.
Il trouve, autour d'un tapis vert,
Et la fortune et son caprice,
Avec la fraude et l'avarice.
Près d'elles, le sourire amer
Succédoit à l'affreuse image
Du désespoir et de la rage.
On entendoit, près des joueurs,
Le crime que rien n'intimide,
Vanter l'horrible suïcide,
Et bannir d'utiles terreurs.
Effrayé de tant d'artifices,
Alcidor revient sur ses pas.

  Certaine voix lui dit tout bas :
  C'est ici le séjour des vices ;
  Alcidor, écoute l'honneur,
  Si tu veux trouver le bonheur.
  Ton cœur n'est pas né pour le crime ;
  Arrête, et reconnois l'abîme.
Par ce sage conseil, Alcidor détrompé,
Rappelant dans son cœur l'aimable volupté,
  Renonce à cette indigne ivresse
  D'une ardente et folle jeunesse,
En chevalier François, cultivant tour à tour,
L'honneur et l'amitié, les beaux-arts et l'amour.

———

L'ENFANT DE PARIS.

ARISTE étoit un fils unique ;
Et sans être de race antique ,
Il avoit eu , de père en fils ,
Un rang disingué dans Paris.
En perdant ses parens, il se trouva le maître
D'une grande fortune et de sa liberté.
En fils unique et sans connoître
Le poids de la satiété ,
Il vécut en enfant gâté ,
Usant tout , et voulant paroître ;
Il prenoit pour la volupté
L'excès des plaisirs de son âge ;
Séduit par leur trompeuse image.
A force de jouir , il rencontra l'ennui ;
Il devint misanthrope et triste.
La volupté perfide avoit déja flétri
Dès son printems l'ame d'Ariste ;
Mais Ariste , au fond plein d'honneur,
N'avoit pas banni de son cœur
Ce sentiment que la mollesse
Fait oublier à la jeunesse.
Il lui restoit un véritable ami,
Dont les conseils l'avoient très-bien servi,

Même au milieu de son délire.

Ariste vint un jour lui dire,

Après mûr examen, le plan qu'il avoit pris.

— C'en est fait, mon ami, je vais quitter Paris ;

L'ennui m'y suit par-tout ; je n'y vois que des femmes,

Sans amour, ayant des amans,

Qui prennent pour des sentimens

Ces goûts momentanés, dont les perfides flâmes

Ne tendent qu'à nous éblouir

Par le vain attrait du plaisir ;

Et l'homme le plus à la mode,

Est celui qui sait mieux tromper :

Cet art de savoir bien duper,

Est du beau monde la méthode.

Tous nos traitans sont grands seigneurs ;

Et ces derniers, agioteurs.

Cette aimable philosophie,

Charme et soutien de notre vie,

Aujourd'hui prêchant les abus,

Est encore un vice de plus,

En faisant croire à la jeunesse

Que ne pas aller à la messe

Est un titre qui lui suffit

Pour être au rang d'un bel-esprit.

Nos magistrats, couverts de crotte,

Conduisent un cabriolet,

Et le soir vont en redingotte

Chez Jeannot ou chez Nicolet.

Nous voyons le charlatanisme

Occuper nos plus beaux esprits ;

Jamais on n'a vu l'égoïsme

Plus répandu dans tout Paris.

Les gens de bien passent pour bêtes ;

Nos spectacles, vous le savez,

Sont ennuyeux, ou malhonnêtes.

De tout cela sont dérivés,

L'ennui, les vices à la mode.

Ici je serois incommode :

C'est trop long-tems souffrir, et je vais vivre heureux.

Du bon ton voyant la chimère,

Je viens d'acheter une terre.

Je vais trouver la paix ; c'est l'objet de mes vœux.

Enfin je verrai la nature :

C'est là que, libre dans son cours,

Le ruisseau, par un doux murmure,

Et mille agréables détours,

Dans une douce rêverie

Nous peint l'image de la vie.

Je vais voir la simple Beauté,

Fuyant, dans un bois écarté,

Le berger que son cœur desire,

Partager l'amour qu'elle inspire,

Et les yeux baissés, au hameau

Ramener le soir son troupeau.

Là, d'une humeur toujours égale,

Pour partager un sort si beau,

Je

Je trouverai dans un château,

Bien mieux que dans la capitale,

De ces Beautés , dont la pudeur

Peint de l'âge d'or l'innocence ,

Et cette adorable candeur

De la timide adolescence.

Mon curé sera mon ami ;

Je ferai son piquet , il fera mes affaires.

Quand je serai bien établi ,

Je veux dans mon canton marier des Rosières.

Ah ! si tu voulois partager

Ce bonheur que je sens d'avance ,

Je n'aurois rien à desirer

Dans une si douce espérance.

——Mon ami , ton projet est beau ;

Mais il n'est pas facile à suivre :

Je l'ai relu dans plus d'un livre ;

Ce projet là n'est pas nouveau.

Pour le réaliser chez l'étranger , en France ,

Je me suis occupé de cette jouissance.

Tout bien compté , le peuple de Paris ,

De tous les peuples de la terre

Est le meilleur , du moins c'est mon avis.

Ariste , je te parle en frère ,

Tu vas donner dans un panneau ;

Toutes ces filles à chapitres ,

Que tu verras dans un château ,

Lisant des romans et leurs titres ,

T

Que de loin tu crois entrevoir
Simples, naïves et modestes,
Ne connoissant que leur devoir,
Sont, comme par-tout, un peu lestes.
Ces bergers dont tu vois les feux,
D'après Théocrite et Virgile,
Mon ami, sont des malheureux
Qu'il ne faut voir que de la ville.

Ces conseils n'étoient pas sans quelque vérité :
Mais Ariste, formant des châteaux en Espagne,
L'esprit tout occupé de son plan de campagne,
Croyoit très-fermement à sa réalité.
Nos fidèles amis, en pleurant se promirent
La même confiance, et sur-tout de s'écrire.

Ariste s'étant préparé,
Part pour ce lieu si desiré.
Tout retrace à ses yeux, dans ce premier voyage,
Du bien qu'il se promet la plus parfaite image :
C'étoit le tems
Du printems.
Il trouve, en arrivant, ses vassaux sous les armes.
•A leur tête étoit le curé,
Qui, dans un discours bien tourné,
Fit de grands complimens. Les yeux remplis de larmes,
Ariste se disoit : Que de simplicité,
De candeur ! Mon ami seroit bien détrompé
S'il voyoit le sincère hommage
Des bonnes gens de mon village.

On danse ; et le nouveau seigneur ,
Aux habitans faisant ripaille,
Et voyant par-tout le bonheur ,
Répand l'argent comme la paille.
Ses voisins quittant leurs châteaux ,
Enfans , chiens , valets et chevaux ,
Tous arrivent à l'improviste
Pour complimenter notre Ariste.
On chasse , on mange , on boit ; et l'enfant de Paris ,
Voulant bien recevoir tant de nouveaux amis
Qui trouvoient son vin délectable ,
Est la moitié du tems à table.
Pendant huit jours on ne parla
Que chasse et généalogie.
Un lieutenant d'infanterie
Disoit : Bien fin qui trouvera ,
Depuis Hugues Capet , dans aucun de nos titres ,
Le nom d'un président ; et dans tous les chapitres
Je puis prouver au moins seize quartiers :
J'ai mis moi-même en ordre nos papiers.
Puis se tournant vers sa jeune voisine ,
Galamment ayant arraché
Le morceau qu'elle avoit touché ,
Il la lorgnoit , parlant à la sourdine.
Les seigneurs , un peu pris de vin ,
Se lâchant alors sans mystères ,
D'un air de dignité les mères
Disoient : Que la jeunesse aille dans le jardin.

T ij

Les Agnès s'en alloient, emmenant leur voisin :

On couroit dans les bois entendre les fauvettes ,

Et souvent , deux à deux , on cherchoit des noisettes ;

Le tout pour éviter les propos égrillards

Des pères en gaîté , devenus trop gaillards.

Si l'on rentroit le soir sa robe chiffonnée ,

Chaque Agnès, aux mamans , disoit : C'est la rosée.

Et le jour et la nuit , voisines et voisins ,

Pour venir chez Ariste , étoient sur les chemins.

    Ariste de tant de visites

    Commençoit à craindre les suites.

Il les rendit pourtant ; mais de tout ce fracas

De chiens et de chasseurs il étoit un peu las.

    Pour lui prouver entière confiance ,

    Tous ces messieurs, ayant peu de finance ,

    Etoient de très-grands emprunteurs ,

    Et toujours fort mauvais payeurs.

Notre homme cependant , tenant à son systême ,

Crut que pour vivre heureux parmi tant de voisins ,

Il falloit faire un choix. Dans leur dépit extrême ,

Tous ceux qu'il négligea , jusque dans ses jardins

Venoient chasser , disant , qu'un fief de leurs ancêtres

Leur assuroit ce droit , même sous les fenêtres.

    Il fallut guerroyer , plaider ,

    Et puis enfin s'accommoder.

    Tous les valets de notre Ariste ,

    S'ennuyant de ce beau séjour ,

    Jouoient et buvoient tout le jour.

Un seul fidèle, d'un air triste
Dit : Monsieur, je ne puis cacher
Qu'ici chacun pille et vous vole.
Votre garde est un braconnier ;
Et ce nouveau maître d'école,
Que vous payez si noblement,
Vient voler vos fruits nuitamment.
Le jardinier feroit tapage,
S'il n'entroit pas dans le partage.

Mon cher maître, on vous trompe, on vend votre poisson ;
Vos bois sont mutilés ; et dans cette maison,
Comme la bête noire un chacun me déteste ;
Mais je fais mon devoir, et me moque du reste.

Indigné de tous ces excès,
Se promettant de les détruire,
Son majordôme vient lui dire :
Le curé vous fait un procès
Pour la dixme, et chacun l'excite
A vous refuser l'eau bénite ;
Il dit que votre temporel
N'est rien près du spirituel,
Et cela depuis le déluge ;
Que si jamais seigneur ou juge
Osoit toucher à l'encensoir,
Il manqueroit à son devoir.

Ce pasteur a pour lui les trois quarts du village.
Pour constater vos droits, les Pères Bernardins
Vous demandent, Monsieur, un nouvel arpentage.

Ils ont, à ce qu'on dit, des titres bien certains ;

Et depuis Saint Bernard, de très-grande mémoire,

Ils vous en prouveront la lignée et l'histoire.

Votre fermier refuse de payer ;

Contre vos gens il a formé des plaintes.

Deux de ses filles, dit-on, sont enceintes ;

Cela fait bruit, il faut les marier.

Votre grange est en décadence,

Ainsi que le mur du jardin ;

Mais n'en faites pas la dépense.

L'alignement du grand chemin

Doit passer à travers : c'est, Monsieur, grand dommage ;

Mais le public en tout doit être préféré.

Ce projet, long-tems différé,

Fait grand plaisir au voisinage.

C'en est assez, dit Ariste ; à cela

Je vais donner les ordres nécessaires.

Puis repassant ce grand nombre d'affaires,

Il se disoit : Ah, bon Dieu ! c'est donc là

Ce calme heureux de la campagne,

Qui de loin venoit me bercer !

Je vois qu'il faut y renoncer,

Et trop d'embarras l'accompagne.

Le roman disparoît ; je suis de bonne foi.

Mon ami de Paris en savoit plus que moi.

Désormais près de lui je fixe ma demeure ;

La plus courte folie est, dit-on, la meilleure.

Ariste ayant tout arrangé,

Et de ses voisins pris congé,

Guéri de sa belle chimère,

Comptant bien revendre sa terre,

En arrivant chez son ami,

Lui dit : Je suis assez puni

De ne t'avoir pas cru ; j'ai fait une bêtise,

Tu me pardonneras cette lourde sottise.

En l'embrassant l'ami lui dit :

Tout cela tourne à mon profit,

Et de notre amitié le lien se resserre.

Mon ami, ce doux sentiment

Pour nous ne sera pas une vaine chimère.

J'en sens le prix dans cet instant,

Et ton cœur me le fait connoître.

Crois-moi, c'est ici qu'on peut être

Encore mieux qu'en aucun pays;

Ariste, restons à Paris.

HYMNE AU PRINTEMS.

CHANTEZ, oiseaux ; naissez, douce verdure ;
Tendre rosée, embellissez nos prés.
Père du jour, chassez la nuit obscure.
L'aquilon fuit, les cieux sont azurés.
Quel doux transport, quel sentiment sublime
Vient de chaque être échauffer tous les sens !
D'un feu nouveau l'univers se ranime,
La terre entière est un peuple d'amans ;
L'insecte naît, vole, se régénère,
Et la baleine échauffe l'onde amère.
Le papillon voltige sur les fleurs ;
Du tendre amour les célestes ardeurs
De l'arbrisseau vont diriger la sève,
Et c'est par lui que le chêne s'élève.
Ame du monde, agréable lien,
Ordre sacré d'une flâme éternelle,
De l'univers vous êtes le soutien,
Et c'est par vous que tout se renouvelle !
Des seuls humains la vaine opinion,
A ce penchant vint attacher la crainte,
Les préjugés, la cruelle contrainte :
Voilà les fruits de la triste raison.
L'amour pour eux n'est souvent qu'un supplice,

Un vil métal, achetant la Beauté ;
D'un sentiment, hélas ! ils font un vice ,
Et n'ont jamais connu la volupté.
Sans nul ressort leur ame anéantie,
Ne voyant plus les objets qu'à moitié ,
Près d'une Belle éprouve l'apathie ,
Et sans amis, vivent sans amitié.

LA FAUVETTE,

EGLOGUE.

MITIL ET AMINTAS.

AMINTAS.

ENFIN, mon cher Mirtil, je te vois sans témoins !
Je cherche ce moment depuis huit jours au moins ;
  C'est trop pour un ami sincère.

MIRTIL.

  Tendre ami, ne m'accuse pas ;
  Tu connois bien mon caractère ;
  Sois juste, mon cher Amintas.

AMINTAS.

Ne crains pas, cher Mirtil, que mon ame t'accuse ;
Tu jouissois d'un bien trop long-tems attendu :
Au dieu que tu servois je sais ce qu'il est dû.

MIRTIL.

Céliane, mon amour ; oui, voilà mon excuse.
  Ami, ce suprême bonheur
  Ne t'a pas banni de mon cœur.

AMINTAS.

Je le crois, cher Mirtil. Mais par quel sacrifice,
Mirtil, dis-moi, quel dieu, touché de ton destin,

A pu faire cesser un trop cruel supplice,
En décidant Céliane à te donner sa main ?

MIRTIL.

Allons à l'ombre de ce hêtre,
Je vais te raconter comment je fus heureux.
Je vois d'ici mon troupeau paître ;
Sur ce gazon fleuri asséyons-nous tous deux.
Ah ! que souvent sous ce feuillage
J'ai pleuré, soupiré, gémi !
Et le croirois-tu, cher ami ?
Elle m'aimoit.

AMINTAS.

C'est un outrage.
Doit-il être des pleurs pour un amant aimé ?

MIRTIL.

Oui, Céliane écoutoit mes chansons et ma plainte.
Son cœur, à mes accens, paroissoit enflâmé ;
Mais des nœuds de l'hymen elle avoit tant de crainte,
Que je n'osois plus espérer
De la voir à mes feux céder.
Vainement au printems les tendres tourterelles,
Dans le riant boccage où nous étions tous deux,
Se donnoient de l'amour des preuves mutuelles :
Céliane les voyoit, et j'étois malheureux.
Hélas ! depuis l'aigle superbe,
Jusqu'au ciron caché sous l'herbe,
Tout aimoit. Pour moi seul enfin
Le printems renaissoit en vain.

AMINTAS.

Ah! j'ai bien partagé ta peine.

A Céliane j'ai dit cent fois,

Que je voudrois qu'on fît des lois

Contre une bergère inhumaine.

Achève.

MIRTIL.

Tu connois cet autel de l'amour

Que nous avons tous deux entouré d'aube-épine.

Au lever du soleil, je m'y rendis un jour;

Là, j'accusois le sort. Quoi! disois-je, il s'obstine

A persécuter un amant

Tendre, fidèle!... En ce moment

Un petit oiseau vole, et trouble ma retraite,

S'agite en gémissant; c'étoit une fauvette,

Dont les petits venoient d'éclore près de moi.

Tu sais que de tout tems je me fis une loi

De donner tout à ma bergère;

Je lui destinai dans l'instant

Le nid, les petits et la mère.

AMINTAS.

Hé bien?

MIRTIL.

Ecoute un moment.

Le hasard, l'amour peut-être

Offre Céliane à mes yeux.

Dès que je la vois paroître,

Je vole d'un air joyeux;

Je lui montre du doigt le buisson d'aube-épine,
Qui cache le trésor que mon cœur lui destine.
Céliane veut le voir, approche doucement ;
J'écarte sans parler le rameau qui le cache.
La fauvette à l'instant de ses petits s'arrache,
Et fait voir dans ses yeux la fureur d'un serpent.

  Cet oiseau, foible et timide,
  S'élance d'un vol rapide
  Et sur Céliane et sur moi.
  Céliane en eut de l'effroi ;
  Ah ! me dit-elle attendrie,
  Cette tendre mère oublie
  Sa foiblesse et le danger !
  Hélas ! que doit-on juger
  D'un sentiment qui m'enchante ?
  Viens, Mirtil, de ton amante
Viens recevoir les vœux ; suivons notre destin ;
Tu possèdes mon cœur, et je te dois ma main.

    A M I N T A S.
  Le cri d'une tendre mère
  S'est joint aux feux de l'amour ;
  Il faut aimer à son tour :
  On n'est pas toujours sévère.

    M I R T I L.
  Je voudrois, cher Amintas,
Te peindre le bonheur dont ma flâme est suivie ;
  Mais Céliane ne veut pas,
Et je t'en dirois moins que les yeux de Silvie.

———

L'AMOUR ET L'AMITIÉ,
FABLE.

———

Las d'être un trompeur insigne,
Soit fantaisie ou pitié,
L'amour voulut être digne
De la constante amitié.
On conçoit bien que le dieu de Cythère
Pour la trouver ne fut pas à la cour.
Dans un asile solitaire
Elle avoit fixé son séjour ;
Son temple, sans art et sans faste,
Embelli par la vérité,
N'avoit pas besoin d'être vaste :
Il est, hélas! peu fréquenté.
L'Amour lui propose alliance.
Je le veux bien, dit l'Amitié ;
Pour établir la confiance,
La Raison sera de moitié.
L'Amour à la Raison trouvant l'air trop austère,
Change aussitôt d'avis, et s'envole à Cythère.

———

ENONE ET PHIDILÉ,
EGLOGUE.

PHIDILÉ.

LES arbres sont verts et fleuris,
La terre dans ces lieux a repris sa parure ;
Le printems ramène les Ris.
Que de brillans trésors dispense la nature !
Tout annonce le plus beau jour ;
Viens, Enone, viens sous ce hêtre.

ENONE.

Tu cherches ce réduit champêtre
Pour me parler de ton amour,
Il te faut une confidente ;
Allons, je veux bien écouter
Les transports d'une ame contente
Qui brûle de les raconter.
Dis à présent comment Silvandre
A su l'emporter sur Licas ?
Tous deux avoient droit de prétendre ;
Tous deux suivoient par-tout tes pas.

PHIDILÉ.

Tu ne voyois que l'apparence,
Elle est trompeuse quelquefois ;
Mon Enone, écoute en silence
Ce qui détermina mon choix.
Asséyons-nous ici.

ENONE.

Ce bosquet solitaire,

Par les feux du soleil n'est jamais éclairé,

Et paroît fait exprès pour cacher un mystère.

Je veux savoir pourquoi Silvandre est préféré.

PHIDILÉ.

Depuis long-tems et Licas et Silvandre

Aspiroient au don de mon cœur ;

Je balançois, tous deux avoient l'air tendre :

Mais aucun n'étoit mon vainqueur.

Maîtresse de mon choix, je cherchois à connoître

Lequel des deux enfin je devois couronner.

L'amour n'est pas toujours ce qu'il feint de paroître ;

Souvent il n'est soumis que pour mieux ordonner.

ENONE.

Allons au dénoûment.

PHIDILÉ.

Un jour avant l'aurore,

Vers la demeure de Licas,

Le hasard conduisit mes pas.

Dans tous les environs tout reposoit encore ;

Je vois, dans des pièges tendus,

De petits oiseaux éperdus,

Victimes d'un appât funeste,

De leurs jours disputer le reste.

Sensible à leurs cris impuissans,

Au trépas je les arrache,

Et doucement je détache

Ce

Ce qui causoit leurs tourmens.

ENONE.

Licas avoit le cœur à ce point inflexible ?
L'amour ne donne pas un si cruel penchant,
Et je croyois Licas plus doux et plus sensible ;
Ce trait n'est pas humain.

PHIDILÉ.

Ce fut mon sentiment.

ENONE.

Achève.

PHIDILÉ.

Je disois : Quoi ! Licas est coupable
D'une pareille cruauté !
A ces petits oiseaux , à cette troupe aimable ,
Vouloir ravir la liberté ! ...

ENONE.

J'en frémis.

PHIDILÉ.

En marchant , ma triste rêverie
Guida mes pas errans dans la riche prairie
Qu'arrose ce charmant ruisseau ;
Je me trouve auprès du hameau
Qui de Silvandre est l'héritage.
Là , mille oiseaux par leur ramage
Du jour célébroient la beauté ,
Et voltigeoient en liberté.
Ils ne parurent point effrayés à ma vue ,
Et sembloient nous dire : On nous protège ici.

V

Dans ce bocage frais, la nature ingénue
Ne fait sentir que l'amoureux souci.

ENONE.

Je conçois alors que Silvandre...

PHIDILÉ.

J'approche, je le vois traçant
Mon nom sur une écorce tendre...

ENONE.

Et l'amour saisit cet instant.

PHIDILÉ.

Oui, ce fut l'amour lui-même
Qui parla pour mon amant.

ENONE.

L'amour est bien séduisant.

PHIDILÉ.

Consulte Ergaste.

ENONE.

Ergaste m'aime....

PHIDILÉ.

Mais il forme en vain des vœux ;
Ta cruelle indifférence
Est le prix de sa constance....

ENONE.

Je crains un amant heureux.

———

IDYLLE.

Blessés du même trait, Daphnis et Clidamant
    Soupiroient pour la jeune Ismène.
Tous deux jeunes, tous deux brûlés d'un feu constant,
    Ils rendoient son ame incertaine.
    Une bergère sans amant
Est un arbre sans feuille, un gazon sans fleurettes.
Il faut bien faire un choix. Ismène, en y rêvant,
Entend, près du hameau, le son de deux musettes,
Et la voix des bergers, célébrant tour à tour
    Les attraits enchanteurs d'Ismène.
    On n'est pas long-tems inhumaine,
Quand on veut écouter les chansons de l'amour.
   Les deux rivaux, en voyant la bergère,
   Vont à ses pieds peindre leur feu sincère.
   Son chien flatte Daphnis, et gronde Clidamant;
   Le chien devint l'oracle, et Daphnis fut l'amant.
    Hélas! que souvent peu de chose
    Décide une jeune Beauté!
    Un chien, un ruban, une rose,
    Mènent à la félicité.

LA FILLE A MARIER.

Un homme étoit veuf, riche, et n'avoit qu'une fille,
Belle, sage; en un mot, l'espoir de sa famille.
Deux amans, haut huppés, aspiroient à sa main.
L'un grave, sage, et sans réplique,
Ignorant comme un fils unique ;
L'autre, aimable, galant, tant soit peu libertin,
Connoissant le plaisir comme Horace et Catulle,
Vif et léger, mais avec sentiment,
Et dans ses mœurs fuyant également
L'ennuyeux pédantisme, et la basse crapule.
Ce n'étoit pas celui que les parens vouloient ;
Au père irrésolu sans cesse ils répétoient :
Choisissez le plus sage, il a son innocence,
Jamais cela ne songe à mal ;
Il n'est pas comme son rival.
Le père cependant, par un trait de prudence,
Voulut avant consulter un ami :
Non pas de ceux qui le sont à demi ;
Celui-ci conservoit le rare privilège
Qu'on proscrit à la cour, l'antique loyauté ;
Et sa dévise étoit : Silence ou vérité.
C'étoit de ces amis que l'on fait au collège.
— Je sais que vos parens, dit-il, ont préféré

Celui des deux amans qui paroît le plus sage :
C'est un Caton. L'autre a les défauts de son âge ;
Mais il est plein d'honneur, bienfaisant, éclairé.
Aimez-vous mieux un sot qui jamais ne s'enflâme?
Ami, n'espérez rien de qui n'a rien dans l'âme.
La vertu n'est point sœur de l'imbécillité.
Tout bien considéré, l'esprit est nécessaire.
Prenez l'amant instruit, et craignez au contraire
D'un ignorant Caton l'exacte nullité.

L'HOMME A SYSTÈME,

ET

LE CONDUCTEUR D'UN TROUPEAU.

FABLE.

Un homme conduisoit, avec assez de peine,
    Un certain nombre d'animaux ;
Mais à l'aide d'un frein, sans songer à la gêne,
    Ils alloient tous de pas égaux.
Cela faisoit leur force. On sait que la Phalange
Fit jadis triompher ce Macédonien,
Qui, pour être loué du peuple Athénien,
Fut porter la terreur sur l'Euphrate et le Gange.
Mais ce n'est pas de lui dont je veux vous parler ;
C'est de mon conducteur. Il faisoit donc aller
Tantôt bien, tantôt mal, ce grand nombre de bêtes,
Et le frein retenoit la fougue de leurs têtes.
    Sur sa route il fut arrêté
    Par un savant qui faisoit un gros livre,
    Pour prouver à l'humanité
Que tout doit être égal, commun et libre.
    Rougissez, lui dit le savant ;
    De quel droit mettez-vous des brides

A ces animaux trop timides?
Vous me semblez bien ignorant.
Le conducteur étoit bon homme.
Il croit le philosophe, et par humanité,
    Retranche aussitôt bride et somme.
Las! il connut bientôt qu'il s'étoit trop hâté.
  Deçà, delà, son troupeau se disperse,
  Court sans objet, pille, mort, et renverse
    Tout ce qui pouvoit l'arrêter,
    Et prend ce qui peut le flatter.
    Enfin tous, et même les ânes,
    Se frayant un nouveau chemin,
    Traitent de tyrans, de profanes,
    Les gens qui leur parloient de frein.

―――――――

PORTRAIT
DE S. A. S. M. L. D. D.

———

FIDELLE épouse, tendre mère,
Charitable autant que son père,
Les douces vertus, la candeur,
Annoncent le fond de son cœur.
Je sais que pour de tels modéles
Il faut des Zeuxis, des Apelles;
Mais on excuse le talent
Quand le portrait est ressemblant.

F I N.

www.ingramcontent.com/pod-product-compliance
Lightning Source LLC
Chambersburg PA
CBHW071846020726
47502CB00003B/619